PAPIER FRESSERCHEN

MTM-VERLAG

DIE BÜCHER MIT DEM DRACHEN

Impressum:

Besuchen Sie uns im Internet:
www.papierfresserchen.de

Mühlstraße 10 – 88085 Langenargen
info@papierfresserchen.de

Titelbild und Illustrationen: Stefanie Meister
Lektorat: Hedda Esselborn

ISBN: 978-3-86196-117-8 - Taschenbuch
ISBN: 978-3-96074-393-4 - E-Book

Brigitte Schubert

Geschichten aus dem Schwemmsandland

Das Kraut der Bescheidenheit

Inhalt

Vorwort

Weit in den Auen der Tieflandsbucht, hinter Hecken und Büschen, in Matsch und Moder liegt ein geheimnisvolles Schwemmsandland.

Er, der kleine Finn, verabschiedete sich von dem Menschenmädchen, von dem er nicht einmal den Namen wusste, und eilte geschwind zu den anderen Trollen. „Wir können wieder unbeschwert spielen, fröhlich lachen und umhertoben! Mit den Fröschen um die Wette quaken oder Wiesenblümchen sammeln!“ Ein fröhlicher Jauchzer kam aus seiner Brust empor gekrochen und vermischte sich mit dem Murmeln des klaren Wassers vom nahen Bach.

Wie hatte es der Älteste zur Troll-Versammlung gesagt? „Wir müssen dieses Schwemmsandland mit seinen Auen und Wiesen verlassen, denn die Menschen haben uns vergessen. Sie glauben nicht mehr an uns, sondern nur noch an das, was sie mit den Augen sehen, mit den Händen fühlen und mit dem Geist erklären können. Aber uns kann man nur mit dem Herzen sehen. Das haben die Menschenkinder verlernt. Wir müssen sterben, wenn niemand mehr an uns denkt. Lasst uns hinter den Horizont reisen.“

Finn hatte noch im Ohr, wie alle Parthen-Trolle der Versammlung zugestimmt hatten. Nur der alte Brücken-Troll wollte den Menschenkindern eine Chance geben, eine allerletzte. Sie sollten wieder von den Trollen erzählen oder Geschichten vorlesen. Wenn dann weiterhin keiner ihren Namen aussprach, ja, nur dann wollen sie gehen und hinter den Horizont in ein weites, fernes, unbekanntes Land ziehen.

Finn, der kleine Parthen-Troll, wollte unbedingt bleiben und etwas tun, damit die Menschen wieder ihre Herzen öffneten und die Trolle nicht ihr Paradies verlassen mussten. Vor einiger Zeit nun kramte er hinter dem Grasbüschel an der alten Weide das große Lehrbuch mit den alten Geschichten hervor. Beim Lesen fielen ihm seine Augen zu. Später wurde er durch ein leichtes Zwicken in den Arm von einem hübschen Menschenmädchen geweckt.

Es gab sie also doch noch, die Menschenkinder, die mit dem Herzen sehen konnten. Er konnte es selbst noch nicht glauben und erzählte voller Übermut allen anderen Trollen, was er erlebt hatte.

„Wir sind gerettet, wir sind gerettet!" Der Älteste der Trolle zweifelte an Finns Erzählung. Vielleicht war das Mädchen nur in seinen Träumen vorgekommen?

Zu überschwänglich war die Freude und Finns Mundwerk stand nicht still. Er war überglücklich, weil sie das Schwemmsandland nun nicht mehr verlassen mussten. Aber wo war das Mädchen? Kein anderer Troll hatte es je gesehen.

„Morgen treffen wir uns wieder an der alten Weide, auf dem grünen Teppich am Grasbüschel Nummer Sieben."

Der alte Troll und auch der Weidenbaum-Troll, der wieder der lustigste von allen war, mussten lachen. „Finn ist verliebt! Er schaut sich nach jungen Mädchen um!", riefen sie und foppten ihn damit.

„Ich bin nicht verliebt! Ich mag nur dieses Menschenmädchen sehr. Übrigens ...", und er kullerte mit seinen Augen, weil es jeder wusste: „Nur große Trolle können sich verlieben. Und große Trolle werden in den Kreis der Erwachsenen aufgenommen. Ich möchte, nachdem wir nun gerettet sind und weiter im Schwemmsandland bleiben dürfen, auch in die Gemeinschaft der erwachsenen Trolle aufgenommen werden."

Als der Brücken-Troll das hörte, legte er seine Stirn in Falten. „Nun gut mein Junge, wir können in unserem schönen Schwemmsandland bleiben, weil die Menschen wieder an uns glauben. Das ist sehr schön. Aber weißt du, jeder der erwachsen sein möchte, muss eine Prüfung ablegen. Ich glaube nicht, dass du sie schon jetzt in deinen jungen Jahren bestehen würdest. Frage mich morgen noch einmal danach, bis dahin werde ich mich mit den ältesten Trollen beraten haben."

„Einverstanden." Finn strahlte vor Freude über das ganze Gesicht. Er war sich sehr sicher, eine Aufgabe zu bekommen.

Ein erwachsener Troll kann schwierige Zaubersprüche erlernen, herbstbunte Blätter in goldene Taler verwandeln oder mit den Tieren sprechen. Was für eine Prüfung würde er dafür bestehen müssen? In seinem Kopf kreiselten die Gedanken. Seine Fantasie bekam Flügel, entwischte ihm hinaus in die weite Welt und blieb irgendwann unter der alten Weide, im grünen Teppich am Grasbüschel Nummer Sieben hängen. Dort würde auch das kleine Menschenmädchen auf ihn warten.

Am nächsten Tag sprang Finn schon beim Morgenrot aus seinem Bett und eilte zum Brücken-Troll, der an seinem Lieblingsplatz unter dem Brückenbogen saß, dort, wo das Kräuterfräulein mit ihrem Korb immer die goldgelben Löwenzahnblüten sammelte.

Der Brücken-Troll hatte tatsächlich eine Aufgabe für den jungen Heißsporn.

„Ich habe eine gute Nachricht für dich. Du bekommst eine Prüfungsaufgabe. Der Weidenbaum-Troll mag dein heiteres, übermütiges Gemüt und hat eine Aufgabe ausgewählt, der alle zustimmten. Sie mag sehr einfach klingen, aber sie wird dir alles abverlangen, um würdig in den Kreis der erwachsenen Trolle aufgenommen zu werden."

„Was muss ich tun?", fragte Finn ganz hitzköpfig und ungeduldig.

„Willst du die Prüfungsaufgabe wissen und bist du wirklich bereit dafür?"

Der junge Troll konnte es kaum erwarten und sprach: „Ja! Ja, ich will die Aufgabe wissen und ich bin bereit, sie zu erfüllen. Ich werde es schaffen!"

„Nun, mein kleiner Finn", sprach der Brücken-Troll, „es ist Sommer, die schönste, fröhlichste und bunteste Zeit des Jahres. Alle Pflanzen stehen in voller Blüte, die Bäume tragen reife Früchte und die Lebewesen, egal ob Tier oder Mensch, sind munter und quirlig. Schau dich um und finde das *Kraut der Bescheidenheit*. Bring uns eine Blüte bis zum goldenen Oktober, denn dann kannst du es nicht mehr finden, weil die stürmischen Herbstwinde seine zarten Blütenköpfe zerzausen. Überlege es dir noch einmal, denn wenn du die Aufgabe nicht erfüllst, wirst du für immer und ewig ein junger Troll bleiben. Und denke daran, nur eine Blüte! Und ich gebe dir auch noch einen gut gemeinten Tipp. Wandere die Parthe entlang."

„Ja, ich will!", sprach Finn und dachte, *nichts leichter als das*. Streifte er doch sehr gerne auf den Wiesen und in den Auen des Schwemmsandlandes umher. Eine Blüte vom *Kraut der Bescheidenheit* würde er mit Leichtigkeit finden, nicht ahnend, was er dabei für gefährliche Abenteuer würde bestehen müssen.

Ob ihm das Menschenmädchen, dessen Namen er immer noch nicht wusste, dabei helfen konnte?

Am Anfang

Finn machte sich also auf den Weg in Richtung Parthe. Aber wo die Wanderung beginnen? Am besten wäre, von der Parthenquelle bis zur Mündung in die Weiße Elster zu laufen, immer mit dem Wasserstrom, entlang der Uferböschung durch Wälder und Wiesen streifend.

Die Sonne stand schon hoch am Himmel. Finn hatte den Weg über ein Feld mit goldgelben Getreideähren eingeschlagen, das sich weit vor ihm ausdehnte. Am anderen Rande des Ährenfeldes führte der Pfad auf eine geräumige Fläche hinaus. Und Finn stand vor den Toren eines großen Bauernhofes.

Es war Mittag und die Sonne brannte gnadenlos vom wenig bewölkten Himmel herab. Er hatte vergessen, seine Trinkflasche in den Rucksack zu packen und nun blieb ihm nichts weiter übrig, als den Hof zu betreten und um ein Glas Limonade zu bitten.

Sperlinge meldeten ihn fröhlich an. Die Schwalben unterm Dachfirst hatten keinen Blick für ihn, sie fütterten ihre nimmersatten Jungschnäbel. Auch Finns Magen begann zu knurren. Irgendjemand schien Kuchen und Brot zu backen. Ein lieblicher Duft stieg in den Himmel hinauf.

Der junge Troll trat in das Haus und gelangte über einen breiten, weiß getünchten Flur in eine geräumige Küche. Die Bauersfrau stand am Herd und schälte Äpfel.

„Guten Tag. Mein Weg ist noch weit und in der Sonnenglut versagen meine Beine ihren Dienst. Darf ich eine kleine Rast machen und ein großes Glas Limonade bekommen?"

„Hier ist keine Gaststätte", antwortete die Frau barsch und schälte ihre Äpfel weiter. „Der Kuchen muss auch noch fertig werden."

Finn drehte sich augenblicklich auf seinem Schuhabsatz herum und wollte wieder von dannen ziehen, da sprach die Frau: „Nun gut, es war nicht so gemeint. Setz dich."

Erleichtert ließ er sich auf den hölzernen Stuhl am großen Tisch fallen. „Kann ich beim Äpfelschälen helfen?"

„Lass nur gut sein. Stärke dich erst einmal mit frischem Brot und Wasser. Und dann erzähl mir, was dich in unsere Gegend verschlagen hat." Nebenbei stellte sie noch ein Näpfchen mit Salz, einen Schmalztopf und frische Brühgurken vor seine Nase.

Finn ließ es sich munden und erzählte von seinem Vorhaben.

„Du suchst das Kraut der Bescheidenheit? Davon habe ich auch schon gehört. Damals war ich in deinem Alter, gefunden habe ich es nie. Früher, übrigens, bekam ich von meinem Vater eine Backpfeife, wenn ich mehr wollte, als ich gebrauchen konnte."

Ihm blieb der Bissen im Halse stecken und seine Ohren begannen hitzig und rot zu werden. Hatte er doch recht ordentlich bei der Mahlzeit zugelangt, als ob er wochenlang nichts zu essen bekommen hätte. Mit der Hälfte der Ration wäre er auch satt geworden. Oh, kleiner Finn, du musst noch viel lernen ...

„Der Weg, den du eingeschlagen hast, ist richtig, gehe ihn nur guten Mutes. Am Ende wird es sich gelohnt haben. Gleich hinterm Haus führt er weiter und bis zum Nachmittag hast du die Parthenquelle erreicht."

Sogleich sprang er auf, bedankte sich brav für die gute Bewirtung und eilte zur Tür hinaus. Was mag das nur für ein Kraut sein, das er finden soll?

An der Parthenquelle

Am Ziel angekommen, dem Beginn der Wanderung, ließ sich Finn erschöpft in das weiche Moos fallen. Erst einige Zeit später entdeckte er neben sich ein freundlich dreinblickendes Mütterlein, das in fließendes Gewässer gehüllt war und Augen wie dunkle Seen hatte. Als sie zu sprechen begann, war es, als hörte Finn einen sachten Sommerregen auf das Blätterdach des Waldes niedergehen.

„Ich bin Hannah, die Wächterin der Parthe und deren Wiesen und Auen im Schwemmsandland. Du hast mich gefunden und ganz bestimmt einen Wunsch, den ich dir erfüllen kann.“

Ihm fielen zwischen ihren Haarsträhnen kleine grüne Wasserlinsen auf und am Rocksaum waren bläulich schimmernde Fische aufgestickt. „Kannst du mir helfen? Ich suche das Kraut der Bescheidenheit.“ Schnell schickte er noch ein „Bitte“ hinterher.

„Suchen musst du es selber, aber ich werde dich auf deinem Weg begleiten, mal sichtbar, mal unsichtbar“, versicherte Hannah. „Damit sich dein Blick weitet für die Schönheiten der Natur, nimm einen Schluck von meinem Himbeersirup und vermische ihn mit Sprudelwasser aus der Quelle. Es wird dir frische Kraft geben.“

Finn tat, wie ihm geheißen, musste sich allerdings für seine Tat sehr überwinden. Als er seinen Becher mit dem kostbaren Nass füllen wollte, stieg ihm ein fauliger, unangenehmer Duft in seine Nase und er rümpfte diese sogleich. „Nur zu, tu dein Werk. Das Wasser ist sauber, schmeckt köstlich und wird dich erfrischen. Lass dich nicht vom Namen des kleinen Baches abschrecken. Er kommt aus der uralten slawischen Sprache und bedeutet nichts anderes als: die Stinkende.“

„Die Stinkende – das trifft es wirklich!“, meinte Finn.

„Kannst du dir erklären, warum das so ist? Nein? Ich erzähle dir eine überlieferte Geschichte ...“

Der Parthenquelle wurden Heilkräfte nachgesagt. Vor vielen Hunderten von Jahren gab eine gierige Dame den Auftrag, einen ganzen Badezuber voll Heilwasser zu ihr zu bringen. Ihre Untergebenen passten eines Nachts den günstigsten Moment ab und schöpften alles Wasser aus der Quelle. Die Quelle versiegte fast und kein menschliches Wesen fand sie wieder. Der Geschichte nach geriet das kostbare Nass in Vergessenheit und schließlich erinnerte sich niemand mehr an den Ort. Aber vor einiger Zeit wurden wieder die Geschichten über die sagenhaften Kräfte des Brunnens wach. Irgendjemand entdeckte den Zugang zur Quelle. Die Kunde, es gäbe eine Quelle, die Heilkräfte hätte und alle Wünsche erfüllen könnte, lockte viel Gesindel an. Diese äußerten ihre Wünsche, die nur aus Habgier und Eigennutz entstanden. Sie erhielten nie das, wonach sie sich sehnten, sondern das, was sie verdienten, denn sie waren zu gierig. Das machte sie erst recht wütend und ein großes Unglück brach über die Menschen und das Land herein. Seitdem blieb die kleine Wasserader verborgen hinter einem Netz aus Morgentau, Nebel und Blattwerk. Und aus Trotz kroch sie übel riechend aus dem Erdreich hervor. So kam die Parthe zu ihrem Namen und nur demjenigen erfüllt sie Wünsche, der mit einem Schluck Wasser zufrieden ist oder für andere Menschen um Hilfe bittet.

„Das ist ja eine fast unglaubliche Geschichte“, meinte Finn und nahm beherzt einen großen Schluck vom frischen Nass. Und nun noch einmal recken und strecken, dann war er fast schon wieder auf dem Sprung.

Hannah mahnte ihn: „Nicht so schnell, mein kleiner Freund! In ungefähr zehn Stunden bist du von der Quelle bis zur Mündung gelaufen. Eilenden Schrittes, ohne Pause und keinen Blick auf die Umgebung verschwendend. Nimm dir Zeit! Schau dich um, auf den Boden, in die Luft, neben dem Weg, nur so wirst du das Kraut entdecken und andere schöne Erlebnisse haben.

Und nun lauf los, du bist ja schon ganz unruhig." Finn zupfte nochmals an seinem Halstuch, suchte sich einen abgebrochenen Ast als Wanderstock, füllte erneut seine Flasche mit dem köstlichen Quell und begab sich weiter auf Schusters Rappen.

„Verlauf dich nicht!", rief Hannah besorgt hinterher, doch der kleine Troll war bereits hinter der nächsten Wegbiegung verschwunden.

Das Mädchen

Finn setzte fast wie von alleine einen großen Schritt vor den anderen. Ihm kam es vor, als ob er Siebenmeilenstiefel an seinen Füßen tragen würde. Im rasanten Tempo ging es immer an der Parthe entlang bis, ja, genau in diesem Moment ein Kuckuck, der sonst sein Tagwerk in der Kuckucksuhr, die über dem Küchentisch jenes Bauernhofes gehangen hatte, wo Finn sich mit Brühgurken vollstopfte, an die neunte Stunde erinnerte. Neun Uhr! Finn bremste seinen Laufschritt ab und der Staub des Weges umwirbelte ihn in einer Wolke.

„Verdammt, ich muss umkehren! Ich war doch am Grasbüschel Nummer Sieben an der alten Weide mit dem kleinen Menschenmädchen verabredet. Was ist, wenn sie schon wieder gegangen ist?“ Finn drehte sich auf der Stelle um und rannte, als ob es um sein Leben ginge.

Und er hatte Glück. Das Menschenmädchen wartete geduldig auf ihn. „Hallo, da bist du ja“, sagte sie freudig.

Völlig außer Atem, wie die Kinder der Fröbel-Schule nach einem 100-Meter-Lauf auf ihrem Sportplatz, keuchend und schnaufend, brachte er seine Frage hervor: „Ich bin doch nicht zu spät? Ich musste noch schnell die Treppe an der Parthenquelle putzen, den Wald sauber fegen und eine Stunde Musikunterricht bei den kleinen Meisen nehmen. Wäre ich ein großer Troll, könnte ich zaubern, aber dazu muss ich das Kraut der Bescheidenheit finden!“

Das Mädchen prustete und kicherte laut los. „Was soll denn das für ein Kraut sein? Das kenne ich nicht!“ „Ich habe auch keine Ahnung, wie es aussehen soll, aber wir werden es schon finden. Hilfst du mir dabei? Sag Mädchen, wie ist denn überhaupt dein Name?“

„Ach ja, mein Name ist Luisa und du bist Finn, stimmt das?“

„Woher weißt du das?“

„Das habe ich in einem Buch gelesen und die Kinder der Fröbel-Schule erzählten mir das auch ... Komm, machen wir uns auf den Weg.“ Und Luisa hatte, wie von Windesflügeln getragen, gleich ein paar Schritte Vorsprung.

„He, he, he, nicht so schnell Luisa, mit meinen kurzen Beinen komme ich nicht hinterher. Und wo wollen wir überhaupt hin?“

Luisa kicherte erneut. „Ich will dorthin, wo die elektrische Rennschnecke mit den Türen knallt und bimmelt, damit die Menschen ihr aus dem Weg springen.“

„Du sprichst in Rätseln! Mir stehen meine Strubbelhaare noch mehr zu Berge!“ Mit diesen Worten rannte er Luisa wieder hinterher, die bald dort ankam, wo die Menschen drängten und schubsten und Knoten bildeten.

Einige der großen und kleinen Leute schienen es eilig zu haben und doch standen sie dann wieder, als hätten sie Leim an den Füßen und könnten sich nicht vom Fleck bewegen. Irgendjemand benutzte eben ein Handy und ließ alle mithören, dass er in zehn Minuten daheim wäre. Andere stopften Pommes frites aus einer schon fast leeren Tüte in sich hinein. Und da war auch noch eine ganz geduldig wartende Omi.

Finn staunte Bauklötze. Das große graue Gebäude mit den vielen Fenstern kannte er noch nicht. „Den Bahnhof zeige ich dir später“, meinte Luisa, „erst fahren wir mit der Rennschnecke bis nach Grünau. Grünau ist ein Stadtteil der großen Stadt Leipzig.“

Finn wollte aber gar nicht nach Grünau, dazu musste er in diese lahme Schnecke auf Rädern einsteigen, die eben vor seinen Füßen ihre Türen öffnete und noch mehr Leute ausspuckte, die es eilig hatten und ihn fast über den Haufen rannten.

„Manno, wäre ich doch endlich erwachsen! Hoffentlich bringt mich diese Rennschnecke bald an den Ort, wo ich das Kraut der Bescheidenheit finden kann.“ Rums, flogen die Türen hinter ihnen zu und Luisa hatte bereits zwei Sitzplätze am

Fenster ergattert. Die Omi, die an der Haltestelle schon geduldig auf die Straßenbahn gewartet hatte, war nicht schnell genug und bekam leider nur einen komfortablen Stehplatz an der Tür.

Die kleine Omi

Es kam, wie es kommen musste. Das Rädergeratter begann erneut, um geräuschvoll die Fahrgäste durch die Gegend zu befördern und an ihr Ziel zu bringen.

Finn erging es gerade nicht besonders gut. Er war recht blass um die Nasenspitze geworden. Flogen doch eben an seiner Fensterscheibe Bäume und übermannshohe Häuser vorbei. So etwas hatte er noch nie erlebt. Er staunte Bauklötze. Wie konnte das alles geschehen? Die Fußwege entschwanden ins Nichts und tauchten an anderer Stelle wieder auf. Die Schnecke kroch unter dunklen Brücken hindurch, um Sekunden später wieder ins Tageslicht zu tauchen.

Luisa schaute Finn an. Finn schaute Luisa an. Ihm war schlecht, grottenschlecht. Eine Fahrt in der elektrischen Schlenkerrennschnecke hatte er wirklich noch nie erlebt oder von einem anderen Troll eine Geschichte darüber gehört. Erst recht verstand er es nicht, wie sich eine kleine Omi auf den Beinen halten konnte und dazu noch freundlich schaute. Luisa beäugte Finn immer noch. Sie war sich sicher, er würde die Fahrt gut überstehen.

Luisa schaute wieder zur kleinen Omi hinüber. Was für ein Ziel mochte sie haben? Sie trug eine voll bepackte Tasche bei sich. Luisa schaute noch einmal ganz genau hin. Die Tasche war sicher schwer. Ob sie im nahegelegenen Einkaufszentrum Geld ausgegeben hatte? Was mochte eine Omi alles einkaufen? Brot, Butter, Wurst? Davon würde die Tasche nicht annähernd so randvoll werden.

Luisa konnte das Geheimnis nicht lüften. Stattdessen stand sie auf und bot der kleinen Omi, die aus einem Bilderbuch entlaufen sein könnte, ihren Sitzplatz an. Die Omi lächelte wieder. „Dankeschön, mein Kind. Es ist nett von dir, aber ich kann stehen bleiben. Ich steige gleich wieder aus. Ich fahre nur noch 15 Haltestellen. Du kannst dich gerne wieder zu deinem Freund setzen."

Rums, die Rennschnecke hielt wieder und beinahe wären alle durcheinander gefallen. Nur die Omi blieb standhaft.

„Setzen Sie sich doch. Ich bin extra für Sie aufgestanden."

„Das ist schon in Ordnung, mein Kind. Ich bin zwar eine Omi, aber immer noch fit. Ich bin schon ganz aufgeregt. Mein Bekannter vom Seniorentanz wartet auf mich."

Luisa verschlug es die Sprache. Eine Omi, die zum Seniorentanz ging, fand sie cool. In ihrer Tasche hatte sie bestimmt ein sehr schönes Tanzkleid.

Rums, die elektrische Rennschnecke hielt schon wieder. Die Türen sprangen auf und diesmal wurden mehr Leute ausgespuckt, als einsteigen wollten. Ein Sitzplatz neben Luisa und Finn war frei geworden. Nun platzierte sich die kleine Omi doch neben den beiden und sie kamen schnell ins Plaudern. Sie erzählte, dass sie schon 35 Jahre in Grünau wohnte und sich hier prima auskannte. „Macht ihr einen Ausflug und wollt zum Rodelberg?"

„Was sollen wir mitten im Sommer auf einen Rodelberg?"

„Nun, auf dem Rodelberg könnt ihr Pause machen. Da steht ein großes Holzbett. Macht es euch dort gemütlich und schaut über den Kulkwitzer See weit hinüber bis ans andere Ende der Welt. Einmal im Jahr gibt es dort auch ein Rodelbergpicknick, da sind immer viele Leute dabei. Lustig geht es zu und es wird getanzt."

„Immer im Kreis?", fragte Finn. Er fand die Dreherei blöd und mochte es nicht ausprobieren.

„Ganz von selbst lernt ihr auch, welche Pflanzen und Früchte vor unserer Haustüre wachsen und gegessen werden können. Und grüßt Frieda von mir!", plauderte die Omi.

„Wir wollen aber zum See."

Finn nickte Luisa eifrig zu und sprach noch schnell: „Das Kraut der Bescheidenheit suchen."

Die Omi wunderte sich über den seltsamen Grund für den Ausflug, gab den beiden dennoch einen wichtigen Tipp. „Am Zschampert, dem größten Fluss durch Grünau, könntet ihr es finden. Meine ich jedenfalls. Also, wenn ich ihr wäre, dann würde ich dort suchen. Oder, nein – halt, in den Schönauer Lachen wäre es vielleicht noch besser. Wie soll es denn aussehen?"

„Das wissen wir selber nicht!", gab Luisa der redseligen Omi zu verstehen.

„Na, dann lauft doch lieber zu einem von den schönen Spielplätzen hinüber und tobt euch dort aus."

Nein, gerade das wollten sie nicht. Finn wollte immer noch in den Kreis der erwachsenen Trolle aufgenommen werden und nur das war wichtig für ihn. Er brauchte unbedingt dieses mysteriöse Kraut, das keiner kannte. Unterdessen war die Rennschnecke in ihrem Gleisbett weiter gerutscht und wieder an einer Haltestelle angekommen. Die Omi entwischte zur Tür hinaus und winkte von draußen den beiden nochmals zu. Beim Aufstehen vom Sitzplatz war ihr ein kleines Faltblatt aus der Tasche gefallen. Grünauer Kultursommer. Ob wir da die kleine, nette Omi beim Sommertanzfest wiedertreffen?

Und abermals kam eine Haltestelle. Rums, die Tür ging auf. Erneut gab es Stau beim Ein- und Aussteigen. Die Leute von draußen drängelten. Sie hatten es eilig und einige wollten einen begehrten Sitzplatz ergattern. In der Bahn gab es gleich ein Durcheinander. Ein Rucksack drückte sich in die Vorderfront eines dicken Mannes. Handtaschen piksten mit ihren Ecken in die Waden einer Frau. Die Leute drinnen schoben zum Ausgang. Es war wie so oft, wenn die Rennschneckenstraßenbahn voller Fahrgäste ist. Die elektrische Rennschnecke ruckte wieder an.

Ein schwergewichtiger, gut gelaunter Mann setzte sich auf den Platz, genau dort, wo die Omi vorher gesessen hatte. Mit seinen breiten Schultern schob er Finn unabsichtlich fast an die Fensterscheibe. Der Troll, der auch sehr neugierig war, schaute nun lieber hinaus und entdeckte die Parkallee. Er freute sich und dachte an seine Parthe. Luisa beobachtete alles sehr aufmerksam und um Finn vor dem Fensterscheibenanklebetod zu retten, machte sie schnell eine nickende Kopfbewegung in Richtung Tür. Das hieß so viel wie: An der nächsten Haltestelle steigen wir aus. „Ja, sind wir denn schon da?" Finn holte so tief Luft, als ob er gleich einen Turbo betreiben wollte.

„Am See sind wir noch nicht, aber an einem Meer. Frische Luft wird dir gut tun!"

„An einem Meer?", staunte Finn.

„Ja, am Häusermeer!", antwortete Luisa. Sie stiegen aus. Finn wusste nicht, wo er zuerst hinschauen sollte. Die hohen Häuser, die freundlichen Menschen, die bunten Blumen und dort drüben, über der Straße, war der Eiswagen. Rums, die Türen gingen hinter ihnen zu und die elektrische Rennschnecke sauste in ihrer Spur ohne sie weiter. Finn schnupperte die frische Luft, aber nach vermodertem Laub, wie das Wasser der Parthe, roch es nicht. Eher nach, er wusste nicht genau, wie er es beschreiben sollte. Ja, wie war es in einer Stadt?

Die alten Trolle erzählten nichts von bunten Blumen, frechen Spatzen und tollen Spielplätzen. Sie konnten auch nichts davon erzählen, denn sie waren noch nie in Grünau und wollten diese Gegend auch nicht erkunden. Finn bekam Wut. „Die quasseln nur dummes Zeug, denen werde ich ausführlich berichten, wie es hier wirklich ist! Vielleicht schicke ich auch eine bunte Ansichtskarte, mal sehen ..."

Es war anders, ganz anders. Ehrlich, es war richtig schön. Es roch nach Kindern, die ihr Frühstücksbrot im Schulranzen trugen, nach dem Kletterfelsen zwischen den noch höheren Wohntürmen, und nach Geld, das in vielen Geschäften an der Ladenkasse ausgegeben wurde. Es duftete nach Lavendel, Rosen und wilden Malven. Ein Windhauch trug ein würziges Lüftchen von den Lindenblüten herbei. Gemähtes Gras kitzelte Finns Geruchssinn und eine Duftwolke von frischen Brötchen schwebte vom Bäcker herüber. Aber da war auch noch etwas, das er nicht kannte. Finn grübelte und grübelte ...

Klingeling und wusch, sauste ein eilig strampelnder Radfahrer an Finn vorbei. Wäre er nicht im letzten Moment zur Seite gesprungen, wäre er glatt auf dem Gepäckträger mitgefahren. Auf Grünaus Straßen musste er aufpassen. „Ich rieche etwas!", plapperte Finn munter darauflos.

Luisa versuchte, auch diesen Geruch zu erschnuppern. „Frau Meier wird sicher wieder grüne Heringe braten."

„Nee, nee, du, das stinkt nicht nach totem Fisch. Ich rieche ... ich weiß nicht was ... Ahhh, ich hab es! Ich rieche ein Abenteuer!"

„Bist du dir sicher?", zweifelte Luisa Finns Geruchssinn an.

„Nee, nee, glaub mir, es riecht nach einem spannenden Abenteuer!", antwortete Finn trotzig.

„Wer weiß, was er sich einbildet", flitzten die Gedanken durch Luisas Gehirnwindungen. Der kleine Trolljunge konnte sich gar nicht an dem Zuhause der Grünauer sattsehen. Er hatte den Eindruck, dass sich die großen und kleinen Bewohner sichtlich wohlfühlten und zufrieden waren.

Früher gab es viele Häuser mit 16 Etagen, manche davon stehen nicht mehr. Dafür wurden Bäume angepflanzt und wachsen nun in den Himmel. Kleine Gärten mit Lavendel und Klatschmohn vor den Häusern bringen Lebendigkeit zwischen betonierte Wege. Kleine Parks mit Rosenbüschen und Bänken laden zum Verweilen ein. Grünau ist nicht grau. Grünau ist grün, so wie es der Name sagt, und lebendig wie die Fische im See.

„Wir gehen weiter", spornte Luisa an. „Und was gibt es da zu sehen?" Finns Neugier wurde erneut geweckt. Mit großen Wagenräderaugen erspähte Finn Sekunden später eine Schlange. Sie schob sich mitten durch die Gänge des großen Einkaufszentrums. Gefräßig war sie und schnappt sich alles, was sie bekommen konnte.

Luisa bekam einen Lachanfall und prustete heraus: „Das sind doch nur Menschen, die einkaufen wollen. Die einen möchten ihr Geld ausgeben und irgendwelche Dinge dafür bekommen. Die anderen wollen das Geld haben und dafür die Ware aus ihrem Laden loswerden. Oder einfach nur bummeln gehen, hier und da ein wenig schauen und vielleicht noch schöne Dinge kaufen. Manchmal geht es dabei nicht gerade bescheiden zu."

Finn wurde es augenblicklich wieder döselig im Kopf. „Wenn diese Schlange die Bescheidenheit frisst, warum muss ich dann das Kraut finden, um groß zu werden? Dann bleibe ich lieber klein!" Die Welt der Erwachsenen war kompliziert. Ihm wurde alles zu viel. Er hielt es nicht lange im Einkaufszentrum aus, Geld hatte er sowieso keines und richtig gut zaubern konnten nur erwachsene Trolle.

„Wo ist denn nun der See? Können wir nicht wieder mit der Straßenbahn fahren?", stand in Finns Gesicht geschrieben. Luisa hatte es gelesen. Ein schneller Blick fiel auf ein Plakat. Es kündigte das nächste Grünauer Sommertanzfest an. Auf dem Plakat entdeckten sie auch ein Foto von der redseligen Omi aus der Rennschnecke. Sie trug ein schönes rotes, langes Kleid mit vielen Falten und einem bunten Tuch um die Hüften. Sie sah aus wie eine Spanierin, die einen Flamenco tanzte. Luisa kam gleich ins Schwärmen und konnte sich an dem Foto nicht sattsehen.

Finn kam alles sehr spanisch vor und er drängelte. Er wollte endlich mit der Rennschnecke weiterfahren. Sie liefen hinüber zur nächsten Haltestelle, vorbei am großen Schnürsenkel, einem tollen Kunstwerk und der Grünauer Welle. „Die Welle kann reden?"

„Das sind die Kinder, die in ihrer Freizeit gern schwimmen gehen. Hier kannst du auch schwitzen und dich durchs Wasser treiben lassen. Ein echter Badespaß für die ganze Familie. Ich rutsche immer gern durch die lange Röhre", erklärte Luisa. Ein paar Schritte noch, und die Haltestelle war erreicht. Schon saßen sie wieder in der elektrischen Rennschnecke und bis zum Kulkwitzer See und den neuen Abenteuern war es nicht mehr weit.

Der Leuchtturm

Finn stolperte vor Aufregung fast aus der Straßenbahn. Er hielt erwartungsfroh Ausschau nach dem See, aber er sah ihn immer noch nicht. „Wir müssen noch ein kleines Stückchen laufen. Na los, sei nicht so fußlahm!", munterte Luisa den Neugierigen auf. „Wir laufen über die Wiesen hinüber zum Wasser."

Am Kulkwitzer See gab es einige versteckte Wege und Pfade, die geheimnisvoll und verwachsen waren. Meist endeten sie am Strand. Luisa und Finn strolchten durch das mannshohe Gebüsch. Das gefiel Finn. Auch an seiner Parthe gab es Hecken und Sträucher, Matsch und Moder. Mücken umflogen ihn und ein bunter Schmetterling verirrte sich auf seiner Nase und wurde hier zum lustigen Wegbegleiter. Und da war er endlich. Der See. Und auch ein kleiner, wunderschöner, rot-weißer Leuchtturm.

„Da will ich rauf!", krakeelte der junge Troll vor Freude.

„Das geht nicht, da gibt es keine Treppe!", rief Luisa lautstark hinterher, denn Finn war mit einem rekordverdächtigen Sprint über den Damm zu dem geheimnisumwitterten Gebäude gerannt.

„Ich kann das, ich bin doch ein Troll", strotzte er vor Selbstbewusstsein.

An einem dünnen Spinnenfaden kletterte er tatsächlich hinauf. Ganz hoch hinauf, bis zu den kleinen Fenstern, aus denen bei Dunkelheit das Leuchtfeuer kroch. Was konnte Finn nicht alles von hier oben aus entdecken! Da unten, ganz in der Nähe, lag Frieda am Strand. Ein Krake, der ganz still im Sand lag, viele Bäume und Wasservögel. Eine blaue handgestrickte Pudelmütze mit großer Bommel konnte er entdecken und weit bis nach Markranstädt hinüber schauen. Ja, und was war das noch?

Mitten aus dem See winkte sein Troll-Onkel. Den wollte er später unbedingt noch besuchen. Als Finn mit Staunen und Schauen fertig war und schon wieder hinunterklettern wollte, entdeckte er die halbblinden und schmutzigen Fenster des kleinen Turmes und hört immer wieder ein leises Poltern. Er pustete ein wenig Staub von den Scheiben und blickte hinein. Eine Fliege, die wieder in die Freiheit wollte, knallte immer und immer wieder gegen das Glas. Finn wurde es traurig ums Herz zumute. Keine Menschenseele kümmerte sich um das Tierchen, niemand war weit und breit zu sehen, der hätte helfen können. Nur Finn. Er grübelte. „Ach, hätte ich mal besser in der Zauberschule aufgepasst. So ein Mist, mir fällt der Spruch nicht ein." Die Wetterhexe sah aus der Ferne, wie Finn am Leuchtturm klebte und sich nicht von der Stelle rührte. Sie gab Finns Onkel einen Wink.

„Hast du etwa ein Problem?", rief der Onkel.

„Die schmutzigen Scheiben ... Die kleine Fliege ... Ich kann nicht zaubern."

„Versuch es doch mal mit hexen", lästerte die Wetterhexe mit ihrem Wetterhut und auf dem langen Besen.

„Wenn ich hexen könnte, würde ich hexen, kann ich aber nicht, weil ich zaubern muss. Ich kann aber nicht zaubern, weil mir der Zauberspruch eben aus meinem Verstand entflohen ist. Vorhin habe ich ihn noch gewusst, aber jetzt ist er spurlos verschwunden."

„Das sind alles Ausreden", schallte es vom Onkel über den See herüber. Unterdessen war Luisa nun auch am Leuchtturm und wunderte sich, warum die Bäume mit dem Laub raschelten und die Glockenblumen läuteten. Die Worte der Hexe und des Onkels konnte sie nicht hören.

„Der Zauberspruch ist wirklich schon in der Vorschule geübt worden, der ist was für Kindergarten-Trolle", lästerte der Onkel weiter. „Versuch es mal damit: Dreimal hex und viermal Fliegenbein, bei Sieben soll'n die Scheiben sauber sein!"

Und Finn versuchte es gleich. „Dreimal hex ..." Nichts passierte. Noch mal: „Dreimal hex und ..." Wieder passierte nichts. Was machte er nur falsch? Die kleine Fliege polterte schon wieder gegen die Scheibe. Sie wollte unbedingt hinaus. Hilflos schaute Finn zum Onkel hinüber.

„Du musst den Spruch dreimal aufsagen, erst dann wirkt er. Hast du deine Ohren nicht gewaschen?" Also, der letzte Versuch: „Dreimal hex und viermal Fliegenbein, bei Sieben soll'n die Scheiben sauber sein!"

Ein Sturm kam vom See herüber, die Bäume ächzten schwer und bogen sich, Glasscheiben klirrten. „Es funktioniert", freute sich Finn. Luisa hatte Angst um ihren Freund, klebte er doch immer noch oben am Leuchtturm und kam nicht herunter. Der rot-weiße Leuchtturm wurde in eine graue Staubwolke eingenebelt. Luisa sah nicht mehr, was geschah. Die Scheiben fielen heraus und drehten sich siebenmal um sich selbst, ehe sie blitzblank und sauber wieder wie von Geisterhand eingesetzt wurden. In diesem Moment entfloh die kleine Fliege in ihre Freiheit. Der Sturm legte sich, die Staubwolke verzog sich wieder und die Sonne streichelte mit ihren warmen Strahlen die kleine Fliege.

Finn wollte gar nicht glauben, dass er ein Wunder vollbracht hatte. Er rutschte am Spinnenfaden, der bei diesem Sturm noch heil geblieben war, herunter und war ein glücklicher Trolljunge. Luisa entwischten die Worte: „Was war denn das?"

„Das war ich!", gockelte sich Finn auf.

„Du? Pass bloß auf, dass kein Regen in deine Nase tropft." Finn verstand es nicht.

„Du trägst sie so hoch, dass du nicht mehr auf die Erde schauen kannst! So findest du dein komisches Kraut nie!"

Autsch, das hatte gesessen. Finn senkte seine Nase und murmelte ganz leise, fast unhörbar: „Mein Onkel hat mir ein klein wenig, oder auch ein klein bisschen mehr geholfen."

Die kleine Fliege hatte ihre Freiheit wieder, die Scheiben waren blitzeblank und der kleine Leuchtturm freute sich. Nun konnte er sein Licht wieder in die weite Welt hinaus schicken.

Die Welt vorm Fenster

Einst wohnte ein Junge in Grünau, der aß für sein Leben gern Würstchen. Das ist aber schon sehr, sehr lange her. Seine Mutter, weil sie ihren Sohn liebte, kaufte ihm gerne Würstchen im Glas, Würstchen in der Dose oder Würstchen vom Fleischer. Das war dem Jungen völlig egal, wenn sie nur richtig knackig waren. Wenn er hineinbiss und es machte geräuschvoll Knack, dann war er glücklich. Stellte ihm seine Mutter aber einen Teller mit Scheiben von frischen grünen Gurken, knallroten Tomatenvierteln oder duftenden Äpfeln, die ebenfalls knackig waren, vor seine Nase, bekam er schlechte Laune und sein Gesicht wurde finster wie eine Gewitterwolke.

Auch an die frische Luft wollte der Junge, der so etwa um die zehn Jahre war, niemals, um auf den schönen Spielplätzen mit anderen Kindern herumzutoben. Das war ihm viel zu anstrengend. Die Sonne würde zu sehr auf seiner Haut brennen und überhaupt gab es da draußen nur Würstchen, die er am Imbiss kaufen musste, und der Weg bis dahin war gefühlte 33586 ganze, einen Dreiviertelkilometer und fünf Millimeter weit. Viel zu anstrengend! Nein, das ging gar nicht. Und so kam es, wie es kommen musste. Die Mutter hatte einen dringenden Termin, den sie nicht aufschieben konnte. Der Junge war allein daheim und der Kühlschrank war voller leckerer Sachen, aber ohne Würstchen.

Zugegeben, der Junge war nicht dumm, nur ein großer Faulpelz, der sich gern bedienen ließ. Er trug immer sein Schwatzophon bei sich und die Nummer vom Würstchenlieferservice hatte sich bereits vor einiger Zeit in seinen Gehirnkasten eingebrannt. Daran erinnerte er sich genau jetzt, in diesem Moment.

Er tippte auf die Tasten 0, 3, 4, 1 und dann, äh – Moment, was kam danach? Der Junge wurde unruhig. Äh, wie war sie gleich? Ach ja, jetzt noch schnell: 9, 8, 7, 6, 5, 4, 3, 2, 1, 0. Am anderen Ende schepperte es. Tut, Tuuuuuuut, Tuuuuuuuuuuuuuut. „Hallo, ich möchte bitte eine eilige Würstchenlieferung bestellen, nach Grünau, in die ... Wer ist dort?"

„Hier ist kein Würstchenlieferservice, hier ist Finn, der Parthen-Troll."

„Nein, das kann jetzt nicht richtig sein." Verzweifelt drückte der Junge auf die Taste mit dem roten Hörerzeichen und tippte gleich noch mal 0, 3, 4, 1 - 9, 8, 7, 6, 5, 4, 3, 2, 1, 0.

„Ja, hier ist wieder der kleine Finn, was gibt es zu tun?"

„Ich will Würstchen", kam es zu Finns Ohr herübergeplappert.

„Ich kann fast alles, aber Würstchen kann ich nicht liefern. Hole sie dir bei mir ab, ich bin ganz in deiner Nähe."

Luisa lauschte dem Schwatzophonat und fuchtelte mit ihren Armen wild in der Luft herum. Sie meinte damit, Finn sollte den Jungen neugierig machen, auf etwas, was ganz anders schmeckt. Finn deutete es richtig und schwatzte weiter ins Schwatzophon hinein: „Meine Würstchen schmecken aber anders. Sie schmecken nach Käse und Kräutern. Sie sind geräuchert oder für das Grillen im Feuer auf einen Stock gespießt. Du solltest vielleicht doch zu mir kommen. Du wirst überrascht sein!"

Dem Jungen lief bei der Vorstellung das Wasser im Mund zusammen. „Diese Würstchen kenne ich nicht, aber ich könnte sie mal probieren. Vielleicht schmecken sie sogar noch besser." Und ihm blieb nichts anderes übrig, als seine Beine zu bewegen und einen Fuß vor den anderen zu setzen. Keine Minute verging und schon stand der Junge im Hausflur, fuhr mit dem Lift hinab und nach ein paar hundert Schritten stand er kerzengerade und neugierig vor Finn und Luisa. Die beiden freuten sich, weil sie den Jungen erfolgreich überredet hatten. Und der Junge hatte gar nicht bemerkt, wie weit er gelaufen war.

„Und wo sind jetzt meine Würstchen?"

„Da drüben." Finn zeigte mit seiner Hand zum Imbiss auf der anderen Seeseite. Der Junge brummelte etwas in seinen noch nicht vorhandenen Bart und begann langsam weiterzulaufen. Er dachte schon an den schmerzhaften Muskelkater, den er mit Sicherheit bekommen würde, aber was tat er nicht alles für leckere Würstchen.

Luisa freute sich wie eine kleine Königin. „Es klappt", sprach sie ganz leise zu Finn, der, hätte er keine Ohren am Kopf gehabt, im Kreis gegrinst hätte.

Klar, dass beide eine ganz andere Idee hatten. Die drei liefen am See entlang und der Junge sah Dinge, die er schon längst vergessen hatte. Fröhliche Kinder, die im See schwammen und tauchten, auf der Wiese lümmelten oder in einem Buch schmökerten. Knirpse, die den Jungen überholten und in Windeseile zum Mammutbäumchen radelten.

Auf dem Weg, etwa die halbe Strecke bis zur Imbissbude, kamen sie auch an dem Kraken vorbei.

Ein hoher steinerner Krake, die ihre Arme bereitwillig für eine Rutschpartie anbot. Viele Kinder kletterten auf ihr herum und schwups, rutschten sie auf ihrem Hosenboden hinab in den weichen Sand. Auch der kleine Finn fand diesen Kraken irgendwie toll. „Wollen wir auch mal? Los, kommt ...", ermunterte Finn seine beiden Begleiter.

„Nee, nee, da mache ich meine Hose schmutzig und außerdem will ich ...", redete der Junge.

„Ich weiß, du willst Würstchen. Die kannst du auch noch später haben, jetzt sind wir hier", konterte Finn.

Luisa stand schon bereit zum Rutschen oben auf dem Kraken. Sie setzte sich und wollte rutschen, aber ihre Hände ließen die Haltegriffe nicht los. Es schien, als wären sie mit Kleber eingestrichen. Der Junge begriff sofort, hier war Hilfe nötig. Luisa hatte anscheinend Angst und war in einer verfahrenen Situation.

Zurück konnte sie nicht und rutschen wollte sie auch nicht. Der Junge nahm all seinen Mut zusammen, um Luisa zu retten.

Das war echt klasse von ihm. Im Nu war er oben bei Luisa und gemeinsam rutschten sie hinunter. Finn klatschte vor Begeisterung Beifall.

Gleich darauf meinte der Junge: „Wollen wir drei Mal gemeinsam ...?"

„Ab nach oben!" Luisa zwinkerte Finn zu. Es hatte geklappt! Und schon sausten die drei erneut los. Hier draußen war es so herrlich, dass der Junge seinen Appetit auf Würstchen völlig vergaß.

Ein anderes Kind hatte zwei knackige Äpfel, die es eben von seiner Mutter bekommen hatte und biss in einen herzhaft hinein. Der Junge schaute verdutzt und just in diesem Moment fragte das Kind: „Willst du auch einen, die sind aus unserem Garten", und hielt ihm den anderen schon vor seine Nase.

Bei diesem Apfelduft lief dem Jungen das Wasser im Mund zusammen und er nahm das kleine Geschenk gern an. Und als er diesen rotbackigen Apfel aß, wunderte er sich nur, wieso er es so lange allein in seinem Zimmer, hinter dem großen Fenster, ausgehalten hatte.

Wasservergnügen

Finn lag verträumt im weichen Sand am Ufer des Kulkwitzer Sees. Luisa sammelte unterdessen schön gemusterte und geschliffene Steine, um später Steinmännlein zu basteln. Tannenzapfen und Grashalme wollte sie ebenso dafür verwenden. Bestimmt fand sie später auf dem kilometerlangen Uferrundweg auch noch andere interessante Dinge. Vielleicht Federn vom Schwanenkönig oder Kastanienigel, die immer wieder schön piksen.

Gerade eben schaute Luisa wieder nach Finn, der allerdings nicht mehr ganz so verträumt im Sand lag. Er hatte einen ganz besonderen Blick in seinen Augen, den fragenden „Was ist denn da los"-Blick. Er war ganz weit in die Ferne gerichtet. „Schau Luisa, was die Leute da machen. Das sieht komisch aus. Haben sie Wasserläuferschuhe an?"

„Ach, du meinst die Wasserskianlage? Das ist echt cool. Die Leute stehen auf einem Brett, manchmal auch zwei, und lassen sich übers Wasser ziehen. Kannst du auch einmal probieren! Es macht einen Riesenspaß." Sie holte tief Luft: „Da müsstest du dich aber aus deiner Lümmelposition erheben", sprach sie schnell noch hinterher. Dann kommandierte sie auch schon: „Eins, zwei, drei, los! Wer wird Erster sein?" Von Luisa war nur noch ein Kondensstreifen zu sehen.

Finn ließ sich indes nicht aus der Ruhe bringen und trabte gemütlich hinterher. Er hatte keine Eile. Ein Brett unter den Füßen, was hatten sich die Menschen da wieder einfallen lassen. Er blieb kurz stehen, malte mit seiner großen Zehe in den Sand so etwas Ähnliches wie diese Dingsbums, na, wie nannte Luisa sie gleich? Er malte seine ganz besonderen und eigenwilligen Wasserski und zog sich diese in seinen Gedanken an.

Mindestens zwei Meter lang waren sie und breit wie ein Streichholz. Mit ihnen schaukelte er in seiner Fantasie einem neuen Abenteuer entgegen. Er stellte sich vor, wie er an den Wasserpflanzen hängen blieb oder über Wellen stolperte und dann einen Luftsprung machte. Platsch, und er wäre im kalten, tiefen Wasser gelandet. Nein, das war nichts für Finn, er war ja noch sooooo klitzeklein. So klein wie ein Mäuschen, nein, noch viel kleiner. So klein wie ein Wasserfloh. Wenn Finn die Hand vor sein Gesicht hielt, würde Luisa ihn mit Sicherheit nicht sehen.

„Alles Quatsch“, redete er sich ein. „Ich muss nicht jeden Pippifax mitmachen.“ Er verwurschtelte mit seiner großen Zehe wieder den Sand und schlenderte gemütlich weiter. Er trällerte ein fröhliches Liedchen und kam irgendwann, Stunden später, bei Luisa an.

„Du hast gerade etwas verpasst“, verkündete sie und gestikulierte wie wild mit ihren Armen in der Luft. „Da hinten, echt, das ist wahr, da hat eben einer einen zehnfachen Salto in der Luft gedreht! Das war toll. Den anderen Leuten und mir ist die Spucke weggeblieben.“

Finns Mund stand auch sperrangelweit offen, als ob er auf Fliegenfang wäre. Zehnmal durch die Luft wirbeln, nein, nein, das wollte er nun wirklich nicht. Er wüsste dann nicht mehr, wo oben und unten ist. Schon sah er, wie ein kleines Mädchen mutig auf die Bretter stieg und scheinbar mühelos das Wasser durchschnitt. Finn staunte erneut Bauklötze, erst recht, als das Mädchen sich nur mit einer Hand am Seil festhielt und mit der anderen Finn zuwinkte. „Kennt sie mich?“, überlegte Finn.

„Das dort drüben ist übrigens meine Freundin“, berichtete Luisa stolz.

„Ob sie auch Schokoladeneis mag?“, horchte Finn seine Gefährtin aus. Mit so einem sportlichen Mädchen Schokoladeneis essen, wer außer Finn würde das nicht auch gerne machen? Luisa sah schon wieder den Übermut in seinen Augen.

„Meine Freundin Nele mag nur mutige Jungs und Schokoladeneis!“, stichelte Luisa ganz nebenbei.

Finns Angst war wie weggeblasen. „Das schaffe ich auch! Ich wette mit dir, ich schaffe 15 Luftsprünge!" Er spuckte große Töne, gockelte sich auf wie ein bunter Hahn, lief zum Häuschen mit der Kasse und dem Verleih. „Guten Tag, ich möchte bitte einmal übers Wasser laufen." Schon hatte Finn die Bretter unter den Armen und die Schwimmweste an und stolperte gleich darauf mit tollpatschigem Watschelgang hinunter zum Steg.

Die Anweisungen des Wasserskilehrers überhörte Finn großzügig mit beiden Ohren, denn Luisas Beifallklatschen für seinen Mut vernahm er viel lieber. Finn fühlte sich plötzlich wie auf einem Wackelpudding, es schaukelte, aber irgendwie war es auch lustig. Hups, und schon ging es über eine kleine Welle – oder schlackerten etwa seine Knie?

Klar, dass Finns Treiben nicht unbeobachtet blieb. Die Wetterhexe schaute vom See herüber. Sie führte nichts Gutes im Schilde und schickte gleich eine etwas größere Welle zu Finn und noch eine und noch eine. Finn hatte ganz schön mit den Wasserbergen zu kämpfen. Stark musste er sein, damit er sich auf den Brettern halten konnte. Stark wollte er auch sein, damit er mit Luisas Freundin Schokoladeneis essen konnte.

An das Kraut der Bescheidenheit dachte er überhaupt nicht mehr. Die Gedanken an das Schokoladeneis waren im Moment viel wichtiger für ihn. Er wollte unbedingt oben auf den Brettern bleiben, aber es wackelte so sehr und die Wetterhexe hat Spaß daran, noch mehr Wellenberge zu schicken. Hui und klatsch, kam wieder einer ... Finn nutzte die Wasserwogen aus und setzte zu seinem ersten von den 15 Luftsprüngen an.

Und da passierte das, was passieren musste. Das, was eigentlich am Strand zwischen den Sandkörnchen zu lesen war oder was das Wasser bereits vorab als Warnung leise gegluckst hatte. Finn verlor den Halt und platschte mit einem Bauchklatscher voll ins kalte Wasser. Nun war er drinnen im tiefen, dunklen Kulkwitzer See. Aber so sehr dunkel war er gar nicht. Die Sonne schickte ihre Strahlen fast bis auf den Grund. Was konnte Finn nicht alles entdecken. Viele seltsame Fische, Lebewesen mit großen Flossen und Flaschen auf ihrem Rücken. Finn wusste nicht, dass es die Taucher von der Tauchschule Delfin waren. Eine kleine braune Kiste war auch dabei. Die wollte Finn unbedingt haben. Aber diese Kiste war auf dem Grund des Sees und so tief wollte er nicht tauchen. Und überhaupt wollte er doch seine 15 Luftsprünge machen, um die Wette mit Luisa zu gewinnen und ihre Freundin zu beeindrucken, damit er mit ihr Schokoladeneis essen konnte. Die Kiste würde er später auch noch holen können. Vielleicht würde ihm sogar sein Onkel dabei helfen.

Helfen, das war ein Stichwort, auch Luisa und ihre Freundin wollten helfen. Immerhin war Finn nun schon eine Zeit lang im Wasser und die beiden machten sich Sorgen, dass er vielleicht ertrunken wäre. Sie wussten nicht, ob Finn schwimmen konnte. Plötzlich tauchte er aus dem Wasser auf und augenblicklich war er wieder untergetaucht.

Luisa und ihre Freundin saßen wartend am Strand und schauten eine ganze Viertelstunde hinaus und waren kein bisschen froh. Finn dagegen war umso munterer. Unter Wasser hatte er inzwischen mit Kasimir und Karlo, den beiden Neunstachligen Stichlingen, Bekanntschaft geschlossen. Sie wollten gern von ihm wissen, was er denn hier so trieb und weil Finn die Sprache der Fische nicht plappern konnte, schlüpften hilflose Blubberblasen aus seinem Mund heraus.

Kasimir und Karlo stupsten mit ihrem Maul immer wieder Finns Po von unten an. Das war ein tolles Spiel, immer auf und ab. Und manchmal übertrieben sie es auch. Dann war der Schubs so mächtig, dass Finn in der Luft noch einen Salto drehen konnte. „Prima, jetzt gewinne ich doch noch meine Wette!“, jubelte er und einige Zeit später watschelte er wie eine Ente zurück ans Ufer, denn an dieser Stelle war das Wasser nur noch so tief, wie Limonade in ein Glas passt.

„Habt ihr gesehen? Ich habe es geschafft!“

„Was hast du geschafft?“

Bei diesem Satz zog Luisa ihre Augenbrauen hoch und wetterte los: „Lass das sein, ich mag niemanden, der immer und alles übertreibt. Du schummelst und deshalb habe ich jetzt schlechte Laune."

„Ich habe nicht geschummelt", verteidigte sich Finn. „Nur ein klein wenig geflunkert", huschte es aus seinem vorlauten Mundwerk heraus. Er senkte seinen Kopf und beobachtete Luisa aus seinen Augenwinkeln. So wütend hatte er sie noch nie erlebt. Finn war richtig unglücklich. „Das mit der Wette war eine doofe Idee. Entschuldigung." Dann starrte er wieder zum See. Er dachte an Kasimir und Karlo, seufzte ganz tief und guckte wieder hinaus. Bis, ja, bis Luisas Freundin das Schweigen der beiden unterbrach.

„He, ihr beiden Sturköpfe, habt ihr Lust auf Schokoladeneis?" Das Friedensangebot wurde angenommen und so wurde es noch ein schöner Nachmittag. Finn wollte von nun an immer, wirklich immer, ehrlich sein und nicht mehr so viel flunkern. Vielleicht nur ab und zu mal eine kleine Notlüge, aber auch nur dann, wenn er etwas Gutes tun wollte, denn sonst lohnte es sich wirklich nicht.

Armin mit den leeren Taschen

Still war es. Nur das Zerbröseln der Eistüte war zu hören und wie deren restliche Krümel von frechen Spatzen aufgepickt wurden. Finns Augen waren wieder einmal die größten gewesen und nun hatte er den Salat. Nein, Salat war es nicht. Es waren nur zehn große Kugeln Schokoladeneis, die langsam zu tropfen begannen und ein schickes Muster auf sein T-Shirt zauberten. Beim Schleckern der letzten Kugel war nicht nur das Shirt neu gestaltet, sondern Finn sah aus, als ob er einen ganzen Tag im Solarium verbracht hätte. Er sah so schokoladenbraun aus, dass Luisas Freundin lachen musste. „Dich müsste man komplett in einen Waschbottich stecken“, bestätigte Luisa. „Mit einer extra Portion Seife und viel Schaum.“

„Mmmmmm“, machte Finn, „seh ich wirklich so schlimm aus?“

„So kannst du jedenfalls nicht weiter herumlaufen“, gab Luisa zu verstehen.

„Mmmmm“, machte Finn wieder. „Lass mich mal denken, aber denken wollte ich heute nicht mehr. Nicht mehr heute ...“

„Ich hab's, ich springe in den See!“

„Nee“, dabei rümpfte Luisa die Nase. „Nee du ... Fische mögen keinen Kakao. Und bis du wieder trocken bist, das dauert lange.“ Also stand Finn auf, spuckte dreimal in die Luft und sauber war er wieder. „Und nun, was machen wir nun?“, wollte Finn wissen.

„Du bist ein Quälgeist, kannst nicht mal fünf Minuten still sitzen“, sagte Luisa.

„Und ich kann es doch ... wetten?“

„Bitte, nicht schon wieder eine Wette, das hatten wir eben. Das ging doch schief!“, sagte Luisas Freundin etwas gereizt.

„Na gut, dann hänge ich mich dort in den Apfelbaum und schlafe ... esse Äpfel ... und gucke runter ..."

„Zum Donnerwetter noch mal", fluchte Luisa, „bleib hier!" Denn Finn war schon auf dem Sprung. „Wir erzählen dir eine Geschichte über diese Gegend, okay?"

„Wieder so etwas Langweiliges zum Einschlafen!", gähnte Finn schon vorab.

Luisa rollte daraufhin mit ihren Augen: „Dann eben nicht. So wirst du nie erfahren, wie Armin mit den leeren Taschen reich geworden ist."

Finn schaute in seine Hosentaschen. Die waren auch fast leer, nur ein bisschen Krimskrams hatte er darin. „Überredet, fangt endlich an ..."

Es gab eine Zeit, da hatten die Menschen weder herrschaftliche Häuser, noch üppig zu speisen. Armin und seine Mutter wohnten in einer alten, schon fast verfallenen Kate, durch deren Türritzen der Wind pfiff. Morgens gab es Haferbrei und abends stand Brei aus Hafer auf dem Speisezettel. Oder die Mutter kochte aus Brennnesseln und Wasser eine Kräutersuppe. „Ach, hätt ich nur einen einzigen goldenen Taler, dann könnte ich meinem Jungen eine stärkende Mahlzeit mit Fleisch und Kartoffeln kochen. Dann würde er auch kräftige Hände bekommen und ein gutes Handwerk erlernen können." Der Wunsch der Mutter erfüllte sich jedoch nicht und darum gab es jeden Tag nur Haferbrei.

Und als Armin zu einem jungen Mann reifte, schickte ihn die Mutter hinaus in die weite Welt. Er sollte sein Glück suchen, etwas Gescheites lernen und eine liebe Frau finden. Armin tat, wie ihm geheißen und er kam in eine Gegend, die ihm sehr gefiel, denn hier gab es Arbeit und gute Speisen. Der junge Mann arbeitete hart und bekam leider nur einen Hungerlohn dafür. Die Groschen für die Mahlzeiten, die er in einem kleinen Gasthof einnahm, musste er oft schuldig bleiben oder ließ sie gar anschreiben. Das sprach sich schnell in der Gegend um Kulkwitz herum und alsbald trug er den Spitznamen „Armin mit den leeren Taschen".

Das machte ihn traurig und ohne Geld wollte er nicht wieder heimwärts ziehen. Er wollte gern den Wunsch seiner Mutter erfüllen und ihr für all ihre vielen Mühen einen goldenen Taler schenken.

Die Zeit verging Tag um Tag. Keiner gab ihm mehr ein warmes Essen, seine Schulden waren zu hoch. Ihm blieb nichts anderes übrig, als selbst auf die Jagd zu gehen. Und wie er ein Kaninchen fing, meinte er zu sich: „Jetzt habe ich das Glück gefunden, nun brauch ich nicht mehr hungern."

Plötzlich begann das Kaninchen zu sprechen. „Damit ich dir nicht zu schwer im Magen liege, musst du mich über dem Feuer braten. Aber Feuer hast du keines, also lass mich wieder laufen." Oje, das Kaninchen hatte recht. Armin bat es dennoch, bei ihm zu bleiben, er wäre dann nicht mehr einsam. Und das Kaninchen blieb.

Stattdessen sammelte Armin nun Beeren und Wurzeln. Wie er nun beim Graben war, fand er in der Erde etwas Bräunlich-Schwarzes. Ein Gefühl beschlich ihn, er hätte etwas ganz Wertvolles gefunden. Er nahm es in seine Hände, die sich nun ganz schwarz und schmutzig färbten, und betrachtete es von allen Seiten. Auch das Kaninchen begann eifrig zu graben, und sie hatten bald viele bräunlich-schwarze Klumpen. Dafür hatten sie ein beträchtliches Loch gebuddelt.

Abends, als es bereits dunkel und kühl wurde, wollten sie sich ein kleines Feuer zum Wärmen anzünden. Beide waren aber zu faul, um nochmals Holz zu suchen. Zu müde waren sie von der ganzen Graberei. Armin zündete mit einem Feuerstein ein paar kleine dürre Äste an, die eben in greifbarer Nähe lagen, das musste reichen. Sie würden sowieso bald einschlafen. Als es aber gegen Mitternacht noch kühler wurde, warf Armin einen von diesen bräunlich-schwarzen Klumpen in die Glut. Und siehe da, ein kleines Wunder geschah. Es wurde gemütlich warm, denn Armin und das Kaninchen hatten das schwarze Gold der Erde gefunden.

Jeden Tag gruben sie nun fleißig weiter. Aus ihrem kleinen Loch wurde bald eine große Grube. Im nahen Dorf sprach es sich schnell herum, dass Armin Kohle gefunden hatte, und kauften sie ihm für gutes Geld ab. Seit dieser Zeit nannten ihn die Leute nicht mehr „Armin mit den leeren Taschen“, sondern sprachen nur noch von „Armin, dem fleißigen Bergmann“.

Alsbald ging er wieder heim zu seiner Mutter und überraschte sie mit vielen Talern. Ja, er baute sogar ein schönes Haus, nicht sehr groß, aber gemütlich und mit großen Fenstern und einem Garten. Bis zum heutigen Tage wohnt er dort mit seiner Mutter und dem Kaninchen. Eine liebe Frau hatte er auch gefunden und Kinderlachen war zu hören.

Seine Mutter weinte vor Glück viele Freudentränen, und weil ihr Tränenfluss nicht versiegen wollte, lief er in Armins Kohlegrube. So oder ähnlich entstand der Kulkwitzer See.

Finn saß ganz still und hörte gespannt zu. Und nach einer Weile fragte er: „Ist diese Geschichte wahr?“

„Könnte sein oder auch nicht ...“ Geheimnisvoll zwinkerte Luisa ihrem kleinen Freund zu.

Schokoladeneis

Genau in dem Augenblick, als Finn nicht wusste, ob er die Geschichte glauben sollte oder nicht, kamen Kinder auf dem Weg daher gerannt. „Ui, die sind aber schnell!“ Finn konnte nur noch hinterhersehen.

„Na ja, so schnell rennen ist ungesund, da kommt man schnell aus der Puste.“

Darauf bekam Finn von Luisa und ihrer Freundin Nele gleich ein Echo. „Mit deinem zehn kugeligen Schokoladeneisbauch würde ich es auch nicht tun!“

Und als er so an sich heruntersah, sah er auch gleich wieder weg. „Die habe ich doch nicht aus Blödsinn gefuttert. Ich habe sie nur gefuttert, weil ich sie vor Basko retten wollte.“

„Wer zum Teufel ist Basko?“, stand den Mädchen ins Gesicht geschrieben.

„Öhm, der Vierbeiner wohnt in einem Dorf an der Parthe, dort wo meine Lieblingsbrücke mit dem großen Gebüsch zum Verstecken ist.“

Dann starrte er wieder seinen Schokoladeneiskugelbauch an. Luisa starrte auch auf seinen Schokoladeneiskugelbauch. Und Nele starrte auch auf seinen Schokoladeneiskugelbauch. Alle starrten auf Finns Schokoladeneiskugelbauch, auch die Leute, die eben mal so an ihm vorbei liefen. Das war ihm megapeinlich.

„Ich muss mir etwas einfallen lassen, damit er wieder verschwindet“, dachte er und starrte dabei wieder oder immer noch seinen Schokoladeneiskugelbauch an. Vermutlich würde Finn immer noch wie angewurzelt da stehen und glotzen, wenn Luisa nicht etwas von einem Triathlon gefaselt hätte.

Triathlon – Triathlon klang gut. „Triathlon, sind das drei große Luftballons, mit denen wir in den Himmel steigen können? Au ja, das machen wir! Da sehen wir den See von oben und Frieda, vielleicht auch meinen Onkel und ganz bestimmt die Wetterhexe. Wieso stehen wir noch rum?“

Finn entleerte in dieser Sekunde fast gänzlich seine Hosentaschen, um hundert Kilo leichter zu werden. Ans Tageslicht kamen eine alte, handgestrickte bunte Wollsocke mit einem Riesenloch, ein Angelhaken, ein Zettel, den der Wind gleich fort wehte, und eine Zauberkugel mit glitzerndem Schneegestöber. Finn wusste selbst nicht ganz genau, warum er die mitschleppte, aber im Sommer ist es immer gut, etwas Kaltes bei sich zu haben. Irgendwann wollte er ausprobieren, ob er aus den weißen Flocken einen großen Schneehaufen bauen könnte. Dann hätte er auch im Sommer einen Rodelhügel und könnte auf seinem Hosenboden herunterrutschen. „Rauf und runter, rauf und runter“, quasselte Finn.

„Was willst du machen?“

„Na, immer rauf und runter mit den Trioluftballons.“

„Nee, das geht so nicht“, sagte Luisas Freundin.

„Nee, das geht nicht?“, fragte Finn noch mal vorsichtig nach.

„Nee, das geht wirklich nicht! Beim Triathlon musst du hintereinander ohne Pause schwimmen, radeln und laufen.“

„Das ist ja anstrengend! Och nee ...“

War es auch. Luisas Freundin Nele wusste es ganz genau. Immerhin hatte sie schon mehrmals am Kinder-Triathlon rund um den Kulkwitzer See teilgenommen und war nie als Letzte im Ziel angekommen. Immer zur Sommerzeit war dieser Wettbewerb, und Luisas Freundin trainierte fleißig dafür.

Finn hörte zu und versuchte sich vorzustellen, wie alle auf einmal losrannten, schwammen oder radelten, um als Sieger im Ziel anzukommen. Aber so ganz genau wusste er immer noch nicht, was ein Triathlon war. Wenn nun einer zu weit schwamm oder an einer Kreuzung falsch abbog oder ...

Luisa erklärte ganz geduldig noch einmal, dass nur auf dem Uferrundweg geradelt und gerannt wurde. Und beim Schwimmen immer ein paar Leute ganz genau aufpassten.

„Okay, ich mache mit." Finn starrte erneut auf seinen Schokoladeneiskugelbauch, als ob er davon kleiner werden würde.

„Einen Vorschlag hab ich ..." Finn suchte ein Stöckchen und zog eine dicke, fette Linie quer über den Weg. „Hier ist der Start und das Ziel, also eine Runde um den See rennen und radeln." Die beiden Mädchen waren einverstanden.

„Das sieht gut aus", meinte Luisa. „Hast du auch ein Fahrrad?"

Klar können Trolle auch ein Fahrrad besorgen. Finn griff nochmals in seine Hosentasche und holte ein Nasenfahrrad hervor. „Jetzt blicke ich durch! Ihr beiden schwimmt, flitzt und radelt um den See. Ich gebe den Startschuss und warte am Ziel, damit ihr es nicht verfehlt. Einer muss ja aufpassen, und das bin ich!" Wenigstens ein bisschen, und er hatte auch gar kein schlechtes Gewissen dabei. Das war eine ausgezeichnete Idee, fand Finn. Und die Mädchen machten mit. Sie rannten gleich los bis, ja, bis zum nächsten großen Busch, hinter dem sie sich verstecken konnten. Von dort aus beobachteten sie den kleinen Troll. Was würde er jetzt wieder anstellen, um die Zeit totzuschlagen? Ein paar alte Holzpantinen, die herrlich laut klatschten und klapperten, hatte er jedenfalls nicht dabei.

Und tatsächlich, Finn setzte sich auch in Bewegung, nur entgegengesetzt. Er lief in Richtung Imbissbude und kam schwer beladen zurück.

Luisa und ihre Freundin rannten zurück durch das Ziel. Als er sie sah, kratzte Finn vor Schreck gleich die Kurve in Gegenrichtung und rannte, was das Zeug hielt. Ups, da hatte er etwas verloren, wieder Kehrtwendung. Völlig abgehetzt kam Finn auch am Ziel an, nur von der anderen Richtung. Das war vielleicht eine verdrehte Rennerei.

„Ja, war das denn schon der Triathlon? Habe ich etwas verpasst?"

Finns Gesicht war puterrot von der anstrengenden Schlepperei. „Das ist jetzt nicht wahr, was wir hier sehen. Was ist dir nun schon wieder eingefallen?", wollten die Mädchen wissen.

„Ja, also ..." Finn war sehr verlegen. „Das ist schwer zu erklären ... Ich esse Fischbrötchen, damit ich besser tauchen kann, um die Schatzkiste aus dem See zu holen."

„Hast du etwa Hunger? Ich glaube, ich müsste nach der ganzen Rennerei auch etwas essen", lästerte Luisa. „Und überhaupt, könnte es sein, dass es gemeinsam viel besser schmeckt?"

Finn schämte sich noch mehr. Darauf hätte er selber kommen können. Weil er ein großes Herz hatte und keiner Fliege etwas zuleide tun konnte, teilte er großzügig mit seinen beiden Freundinnen. Die eine bekam den Schwanz des Fisches, die andere das Sauerkraut und Finn verputzte gnädigerweise das, was übrig blieb.

Oder war diese Geschichte vielleicht doch ein ganz klein wenig anders? Bei dem ganzen Hin und Her ist bestimmt etwas durcheinander gekommen.

Der Angler

Luisas Freundin Nele hatte die beiden wieder allein gelassen. Auf ihrem Heimweg überlegte sie, was sie noch alles zu erledigen hätte. Schreibtisch aufräumen, bei der Nachbarin, die schon etwas in die Jahre gekommen war, klingeln und ihr aus der Tageszeitung von vorgestern vorlesen und jetzt, bei den hochsommerlichen Temperaturen, in ihrem Schrank nach Mütze, Schal und Handschuhen suchen. Die nette Nachbaroma wollte ihr für den nächsten Winter einen Pullover in den gleichen Farben stricken.

Sie freute sich immer, wenn Nele kam. Nele hatte immer gute Laune und erzählte gerne. An diesem Tag war die Vorlesestunde. Mittwochs kaufte das Mädchen meist ein paar Kleinigkeiten für sie ein. Oder sie plauderten einfach nur. Die Nachbarin berichtete aus alten Zeiten von Dingen, die sich Nele nicht wirklich vorstellen konnte. Und sie erzählte wiederum von den neuesten E-Mails und der letzten Mathestunde, das verstand nun wieder die Omi nicht und fragte dann nach. Die Worte flogen hin und her, und bis alles geklärt wurde, konnten Stunden vergehen.

In den Garten wollte Nele auch noch gehen, sich unter den Baum legen und warten, bis ihr eine Birne in den Mund fiel oder einfach nur so in den blauen Himmel gucken. Das konnte aber dauern. Und danach würde sie vielleicht noch mal bei Luisa vorbeischauen. Sie war neugierig, was Finn noch alles angestellt hatte. Ein wenig anstrengend war er schon, der kleine Troll mit den roten Strubbelhaaren, die immer irgendwie auf Sturm standen, aber mit ihm bekam selbst der griesgrämigste Zauselbart sofort gute Laune.

Sie wollte gleich bei der netten Nachbarin klingeln, dann Birnen essen – oder sollte sie doch als Erstes den Schreibtisch aufräumen? Aber dann würde die ältere Frau, die nebenan wohnte, zu lange warten müssen. Irgendwie hatte sie sowieso zu all dem noch keine richtige Lust.

Zuerst musste sie aber weiter nach Hause laufen, auch wenn es nur Kaffeebohnenschritte wären. Nele latschte irgendwie ein wenig ziellos, oder doch ein wenig mehr ziellos durch die Gegend. Ihre Blicke fielen mal dahin und mal dorthin. Sie starrte Löcher in die Luft oder suchte den Boden nach einem Glückscent ab, den sie sowieso nicht fand.

„Was ist denn das seltsame, verbogene Ding?“, wunderte sie sich und hob es auf. Das sah aus wie ein Angelhaken und dazu noch ein Zettel. Kraut der Bescheidenheit stand ein bisschen krakelig darauf geschrieben. Immerhin entzifferte sie es und wusste auch gleich, wer ihn verloren haben könnte. Der konnte nur von Finn stammen. Nun wusste sie gleich, was sie tun musste. Die Nachbaromi, Schreibtisch, Mütze, Schal und die anderen Dinge mussten warten. Finn konnte es nicht!

Der saß unterdessen mit Luisa wieder am Strand. Genau dort, in der Nähe des Waldes, wo immer die Fliegenpilze aus dem Boden wucherten. Das interessierte ihn wie die neueste Wasserstandsmeldung der Parthe. Finn war ungeduldig, hibbelig und wartete auf ein neues Abenteuer. Das kam aber nicht. Jedenfalls nicht sofort. Er wusste nicht, was er machen sollte. „Ich weiß nicht, womit ich die Zeit totschlagen soll“, jammerte er. „Mir ist so langweilig und eine Schaufel habe ich nicht.“

„Dann lass dir doch was Lustiges einfallen!“, kam es etwas genervt von Luisa. „Ich bin noch ganz schlapp von der ganzen Rumrennerei. Ich will jetzt mal meine Ruhe haben und du, du versuchst still zu sitzen.“

Und sie schaute wieder aufs Wasser, ob sich nicht ein Hecht, Karpfen oder Aal zeigte. Das machte ihr Spaß, aber als sie Finn gelangweilt sitzen sah, wurde sie etwas traurig. Kleinen Trollen machen eben andere Dinge Spaß. So etwas wie am Badestrand Handtücher verstecken, nach Schatzkisten tauchen oder ein Baumhaus bauen und von oben herab Kirschkerne ganz weit bis zum Horizont spucken.

„Wir lassen Kiesel übers Wasser springen."

„Nee, will ich nicht, ist langweilig", knurrte Finn. „Will Kirschkernweitspucken machen!"

„Geht nicht, Kirschenzeit ist vorbei."

„Dann nehmen wir Melonen!"

„Geht auch nicht, die kriegst du nicht in deinen Mund!"

„Doch! Ich kann ganz schön meinen Mund voll nehmen!"

„Das weiß ich. Sitz doch endlich mal still oder versuche es mit angeln." Luisa holte tief Luft. War er jetzt beleidigt oder war er taub geworden? „Finn, FINNNNN, hörst du, versuch es mal mit angeln!", sprach sie lauter und rüttelte ein wenig an ihm.

Finn nahm die großen Zehen wieder aus seinen Ohren, denn er wollte nichts mehr vom Stillsitzen hören, und wurde nun mit Anglerlatein überrascht.

„Angeln klingt gut, was passiert da?"

„Mit einer guten Angelrute und etwas Glück kannst du Schätze und ein paar kleine Fische aus dem See angeln."

„Ich will keine Fische angeln, die gucken immer doof vom Fischbrötchen heraus."

„Quatsch, mit den Fischen kannst du was Spannendes erleben."

„Echt jetzt?" Und Luisa erzählte die Geschichte von ihrer Oma Gundelinde Bammel-Meier. Finn hörte wieder ganz aufmerksam zu und konnte auf einmal ganz lange still sitzen bleiben.

Gundi klärt auf

Auch mit über 100 Lebensjahren kann Gundelinde Bammel-Meier nicht auf ihren abendlichen Bücherkrimi verzichten. Die flotte alte Dame aus dem beschaulichen Markkleeberg, ganz in der Nähe der großen Stadt Leipzig, ist mit Abstand die älteste Leserin der Bibliothek.

Frau Bammel-Meier wohnt nicht um 99 Ecken, sondern nur um zwei Ecken nahe dieser Bücherei. Fast täglich, auf dem morgendlichen Weg zum Bäcker, um Brötchen und anderen Kleinigkeiten zu besorgen, holt sie ihren Krimi, den die nette Bibliothekarin Frau Springmann pünktlich um acht Uhr bereitgelegt hat, ab.

„Guten Morgen Frau Bammel-Meier, heute schon wieder sehr zeitig unterwegs!", sprach Frau Springmann und lächelte.

„Ja doch, wie immer, Müßiggang bringt nur schlappe Beine und die Flöhe in meinem Bett wollen ihre Ruhe haben. Ich habe sie die ganze Nacht beschäftigt! Und wissen Sie, Frau Springmann, meine Kinder kommen doch heute Nachmittag wieder zu mir."

„Ihre Urenkel besuchen Sie? Das freut mich!"

„Frau Springmann, wissen Sie nicht ...? Nein, nicht meine Urenkel, die haben alle keine Zeit. Die Kinder aus der Schule besuchen mich jeden Mittwoch. Wir machen einen Kriminachmittag. Ich erzähle ihnen die Geschichten und sie hören mir gespannt zu. Heute plaudere ich mit ihnen über der Verfolgungsjagd meines Großvaters. Ich habe sie als kleines Kind selbst miterlebt. Das war aufregend, kann ich Ihnen sagen."

Frau Springmann stempelte den Abgabetermin auf das Kärtchen in der ersten Buchseite und übergab die abenteuerliche Erzählung an Frau Bammel-Meier. Dick und spannend musste der Lesestoff sein, obwohl die alte Dame immer nur die ersten zehn Seiten und die letzten zehn Seiten der Bücher las. Die Seiten dazwischen ließ sie aus, stattdessen nahm sie lieber einen Stift und einen Block zur Hand und schrieb ihren eigenen Krimi auf.

Nun jedenfalls musste sie sich sputen, hatte sowieso schon viel zu viel Zeit verquasselt. Die Rasselbande würde bald zu ihr kommen und sie wollte doch von ihrem Großvater erzählen. Freilich nicht nur davon, sondern auch, dass sie pausenlos auf der Suche nach Abenteuern war. Aber diese Geschichte von einem Mord, einem Dieb und dem jähen Ende hatte sich tatsächlich zugetragen.

Als Frau Gundelinde Bammel-Meier noch ein Kind war, wurde sie von allen liebevoll Gundi gerufen. Gundi war vergnügt und freute sich des Lebens, bis zu dem Tag, als ihre Großmutter sie zum Fischgeschäft mitnahm. Großmutter wollte für das Abendessen einen Fisch braten, ihn mit einer Scheibe Zitrone im Maul und Kartoffelsalat servieren. Gundi konnte nicht zusehen, wie die Fischhändlerin mit einem wuchtigen Klopfer kraftvoll auf das arme Tier einschlug und es im Nu tot war. Das war ein perfekter Mord und die Frau hinter der Theke wurde dafür nicht einmal verurteilt. Viele Male tat sie es am Tag, über hundertmal in der Woche, nicht auszurechnen, wie viel Mal im Jahr!

Von Stund an wollte Gundi, wenn sie einmal groß war, Kriminalkommissarin werden und jeden Totschlag aufklären. Das stand nun tausendprozentig fest. Großmutter kehrte mit Gundi an der einen Hand und der Tasche mit dem toten Fisch in der anderen zufrieden heim. Weil es damals noch keinen Kühlschrank gab und nur reiche Leute sich einen Eisschrank leisten konnten, legte sie das noch unfertige Abendmahl auf einen großen Teller, darüber stülpte sie einen anderen, noch größeren Teller, beschwerte ihn mit einem gewaltigen Stein und stellte diesen Fischsarg auf die schattige Fensterbank.

Die Fensterbank war gut geeignet, weil Gundis Großeltern in einem kleinen, ebenerdigen Haus aus Lehm mit niedlichen

Fenstern und einem kleinen Gärtchen davor wohnten. Es war eine Hinterhausidylle ohne Wasseranschluss und mit einem Plumpsklo, schräg über den Hof zu erreichen, geschützt vom Vorderhaus, bevor es zur belebten Straße ging. Für Gundi war es ein Paradies auf Erden und für Großmutter, jedenfalls an diesem Spätnachmittag, eine Katastrophe. Sie ging zum Fenster und wollte ... Ja was wollte sie? Natürlich den Fisch nehmen, aber jener musste wieder lebendig geworden sein! Der Stein lag unten auf dem Fußboden und der obere Teller war verrutscht. „Ja, Donnerlittchen noch mal, was seh ich denn hier? Ich sehe nichts! Welcher Haderlump hat uns das Abendessen geklaut? Ist denn so etwas möglich? Wenn ich den erwische! Na warte ...!"

Großvater hörte die Schimpftirade seiner Frau und stimmte mit ein: „Martha, bist selber dran schuld, wie konntest du nur ..."

„Mann, sei still, bring lieber Geld von deiner Bierkutscherei nach Hause und schlepp es nicht immer zum Wirt, dann könnten wir uns einen Eisschrank leisten!"

Ein Wort gab das andere und Gundi bemerkte, sie musste den Fall erfolgreich lösen. Sie setzte ihre karierte Schirmmütze auf, nahm die große Lupe in ihre Hand und stürzte zum Ort des Geschehens. Sie untersuchte alles auf das Genaueste, machte sich Notizen, und Haushund Rex nahm geschwind die Witterung auf. Er sprang über die Fensterbank in den Garten hinaus und rannte quer über die Blumen- und Gemüsebeete. Gundi immer hinterher.

Das passte dem Großvater wiederum nicht, er nahm den Teppichklopfer zur Hand und diesen über dem Kopf schwingend, beteiligte er sich an der Verfolgungsjagd von Gundi und Rex entlang des Gartenzauns, vorbei am Fliederbusch und über den Komposthaufen. Im Eifer des Gefechtes flog ihm seine Brille von der Nase und er konnte nur noch Umrisse erkennen, aber die Verfolgung ging im rasanten Tempo weiter.

Großmutter stand der Schreck im Gesicht geschrieben. „Meine Blumen! Die guten Regenwürmer! Oh je, der Spinat!

Hätte ich nur nicht den Fisch gekauft, sapperlot noch mal!" Rex hatte eine Spur. Er rannte ums Haus, immer rechts herum, Gundi ihm nach und Großvater mit dem Teppichklopfer hinterdrein. Eine Runde, zwei Runden, drei Runden, sage und schreibe bei der dreiunddreißigsten Runde wurde es dem Großvater zu dumm, er blieb stehen und rannte nach links. Es rummste, es krachte und Großvater schrie.

„Großmutter, hole den Strick, ich habe ihn! Beeile dich, der Rotzlöffel, der Spitzbub, der Hosenscheißer zappelt wie wild um sein Leben!" Großmutter nahm die lange Wäscheleine und klapperte mit ihren Holzpantinen so schnell sie konnte zur Tür in den Garten hinaus.

„Jessas, Großvater, was hast du angestellt! Wen hältst du unter deinem Arm im Schwitzkasten da fest? Das ist doch unsere Gundi! Bist du denn deppert im Kopf?" Rex stimmte mit lautem Gebell der Großmutter zu und Großvater wetterte so sehr mit Schimpfwörtern, dass man es hier nicht aufschreiben kann. Großmutter meinte nur: „Richard, lass es gut sein, davon kommt der Fisch auch nicht wieder!"

Gemeinsam ließen sie sich nach der anstrengenden Hatz auf der blauen Gartenbank nieder und überlegten, was es nun stattdessen zum Abendbrot geben könnte. Vielleicht eine Fleischsuppe mit Leberknödeln oder Butterbrot mit Schnittlauch darüber gekrümelt. Nur für Gundi war die Angelegenheit noch nicht aufgeklärt und erledigt.

Eine geraume Zeit später blitzen ihre hübschen braunen Augen auf, als sie sah, wie im Nachbargarten die junge Katze zufrieden und satt aus dem Kohlbeet zu ihnen herüber schaute.

Viele Jahre später, als aus Gundi Frau Gundelinde Bammel-Meier wurde, arbeitete sie tatsächlich als Kripo-Kommissarin in der nahen großen Stadt. Sie hatte viele Kriminalfälle erfolgreich aufgeklärt und die Täter überführt, bis zu ihrem unruhigen Ruhestand. Und heute Nachmittag, wie jeden Mittwoch schon seit vielen Jahren, kamen um 14:14 Uhr die Kinder der Sherlock-Holmes-Schule zur Krimistunde, und hörten den Geschichten von Frau Bammel-Meier sehr gespannt zu.

Glückspilze

„Okay, da versuche ich es." Wenn Finn nun schon keine Schaufel zum Zeittotschlagen hatte, dann wollte er wenigstens das Glück angeln, oder so. Er wusste ja noch nicht, was er alles aus dem See herausholen konnte.

Luisa war einverstanden. „Super, da flitze ich mal schnell zur Rezeption des Campingplatzes und hole einen Fischereischein. Und du kümmerst dich um eine Angel." Sprachs und war schon weg. Finn hatte noch nie eine Angel besessen. Er hatte aber schon 199.009 Leute gesehen, die am Kulkwitzer See immer etwas seltsames Langes ins Wasser hielten und dabei in eine Art Starre versanken, bei der er glaubte, sie würden die Wassertropfen zählen.

Nun gut, Finn machte sich auf die Suche nach etwas Langem. Ein Ast, ja genau, ein Ast wäre richtig. Und da war auch schon einer. Zwei Meter, das müsste gut sein. Eine dünnes Seil müsste auch noch daran. Das hatte er aber nicht. Und im Hochseilgarten eines stibitzen wollte er nicht, denn erstens sollen beim Stehlen die Hände abfallen und zweitens hätte er um den halben See laufen müssen. Das war ihm zu weit.

Er versuchte es mit den vom Morgen übrig gebliebenen Tautropfen, die wie eine Perlenschnur aufgereiht waren. „Das hält nicht ...", grollte Finn. Er warf alles beiseite und stampfte mit dem Fuß kräftig auf, dass der Sand nur so davon flog.

„Ehhhh, hast du noch alle Tassen im Schrank! Warum schüttest du mich mit Sand zu?", schimpfte ein Aal, der eben mal kurz aus Neugier am Strand entlangschlängelte.

„Ich brauch eine Angel, um mein Glück aus dem See zu fischen."

Als der Aal Finns Wut sah, musste er schallend lachen. „Ach

so, ich dachte, es sei etwas Schlimmes. Komm, ich helfe dir. Nimm mal den langen Stecken."

„Und dann, Aal, was dann?"

„Nicht so ungeduldig kleiner Freund, frag Papa Aal, mit ihm ist es manchmal eine Qual. Brauchst du Hilfe, dann macht er eine Welle und flink ist er zur Stelle." Nun kicherten beide. „Gut, du hast den Stecken, halte ihn am Ende fest, ganz fest. Ich hänge mich ans andere Ende, und mit meinem Maul kann ich dann nach den Fischen schnappen oder nach deinem Glück. Das sieht zwar urkomisch aus, wird aber klappen."

Nein, Finn konnte nicht glauben, dass es klappen würde. Nur Türen klappen, wenn die Fenster offen sind und Durchzug ist. Hier waren aber keine Türen. Auch keine Fenster, kein Durchzug und überhaupt war gar kein Wind, der irgendetwas hätte bewegen können. Finn tat aber so, als ob er an das „Klappen" glaubte. Er hielt die Angel fest in seinen Händen.

„Du musst sie ins Wasser werfen", kam die Anweisung von der anderen Seite des Sees herüber.

Die Schnatterente schnatterte aufgeregt, was das Zeug hielt. „Ins Wasser, ins Wasser, schnatter, schnatter ... Du musst Schwung holen, schnatter schnatter, wung, wung, ng, ng, schnatter, schnatter."

Und Finn tat es. Er holte mit der Angelrute Schwung, ganz kräftig. Er holte aus und ... Da kam Luisa mit der Angelerlaubnis und traute ihren Augen nicht. Was war da schon wieder los? Dieser Tumult am Strand und die Schnatterente war extrem aufgeregt. Den kleinen Troll sollte Luisa nie wieder alleine lassen. „Jeppeeeee, ich habe mein Glück geangelt!", krakeelte Finn ihr entgegen.

„Es ist ganz schwer, ich musste mich richtig anstrengen."

„Ach, Blödsinn", sagte Luisa, „du hängst fest. Da hinten, im Wäldchen, zwischen den Bäumen, hängst du mit deiner Angelrute fest."

„Neeenee, das war ich nicht ...", sagte Finn und betrachtete seine Angelrute. „Der Aal hat zu sehr nach Luft geschnappt."

„Was für ein Aal?" Luisa ahnte Schlimmes. Beide betrachteten das verknotete Aalende an der Angel und rannten so schnell es ging hinüber zum Wäldchen, wo dieser mit dem anderen Ende, auseinandergezogen wie ein Schlüpfergummi und mit offenem Maul, in einer Astgabel hing. Der arme Aal.

„Der hat einfach nur Pech gehabt“, schnatterte die Schnatterente, die neugierig hinterher gewatschelt war. Und auch schon wieder auf den Rückweg hatschte und schlurkste, um ihre Neuigkeiten über den Buschfunk zu verbreiten. Immerhin war sie den Kindern am Kulkwitzer See bekannt wie ein bunter Hund und ihre Meldungen verbreiteten sich wie ein Lauffeuer. Mit ihrem Schnabel, weil er so breit war, konnte sie nicht twittern, aber umso besser schnattern. Schnatter, schnatter, schnatter. Und so erfuhren nun alle, wie und warum der Aal im Baum hing. „Das hat eben nicht wirklich gut funktioniert. Als ich Schwung holte, blieb die Angel hängen, ich weiß auch nicht, wie das passiert ist“, sagte Finn und stand ratlos da. Er wollte doch unbedingt sein Glück finden.

Luisa grinste. Finn schaute ganz bedeppert.

„Du bist so was von gemein, du lachst mich aus! Für mich ist das gar nicht lustig. Ich rede erst in 1000 Jahren wieder ein Wort mit dir!“ Wie eine beleidigte Leberwurst drehte er sich zur anderen Seite um.

„So kannst du dein Glück nie finden“, sagte Luisa immer noch belustigt.

„Warum nicht?“

„Schau doch mal auf den Waldboden.“ Luisa gab Finn einen kleinen Stups in seine Seite. „Du stehst schon mitten im Glück. Die vielen Fliegenpilze ...“

„Oh, cool, die sehen ja echt schön aus. Der rote Hut mit den vielen weißen Pünktchen. Ich sammle sie ein.“

„Halt Finn, lass sie stehen“, mahnte Luisa. „Diese Pilze sind giftig. Allerdings wird erzählt, dass demjenigen, der einen Fliegenpilz findet und ihn an Ort und Stelle unbeschädigt stehen lässt, das Glück für immer hold bleibt.“

Das tat er dann auch. Und so wurde Finn an diesem Tag der glücklichste Trolljunge auf der ganzen Welt.

Vom großen Schiff

Finn hatte große Lust, mit einem Schiff über den großen Teich zu segeln. „Kannst du segeln?", fragte Luisa erstaunt.

„Nee, aber Wind machen!"

„Dann lass uns lieber eine kleine Reise mit einem Tretboot unternehmen. Das macht Spaß und schaukelt schön." Finn hatte wieder einmal nicht genug Fantasie, um sich vorzustellen, was ein Tretboot war. Ins Wasser wollte er nicht hineintreten und nasse Füße konnte er ebenfalls nicht schon wieder gebrauchen.

„Wenn mich ein kleiner Wasserläufer huckepack auf den Rücken nehmen würde, schaukelt das auch sehr schön." Und Finn hielt schon nach einem dienstbereiten Lastenträger Ausschau.

Luisa wurde es bei dieser Vorstellung erneut etwas mulmig. „Das kannst du dem kleinen Tier nicht zumuten. Komm, wir laufen schnurstracks zum Bootsverleih hinüber."

Im Handumdrehen gab ihnen der freundliche Mann ein weiß-blaues Wassertretboot und rief noch hinterher: „Schaukelt nicht so dolle!" Aber das hörten die beiden schon nicht mehr. Mit großem Eifer strampelten sie gleich los.

Finn musste sich mächtig strecken. Er hat kürzere Beine als Luisa. Er saß ganz vorn auf dem Rand seines Sitzes, beinahe wäre er auch abgerutscht, aber nur beinahe. Und in dieser halb schiefen Lage bekam er das mit dem Treten auch hin. Die Pedale kreiselten wie von Windzauberkraft angetrieben und das Boot flog mit einem Tempo übers Wasser, als wäre es ein Schnellboot und als wollten die beiden eine Regatta gewinnen. Das gefiel Finn sehr gut. Auf seiner Parthe konnte er kein Tretboot fahren, sie war nicht tief genug. So wünschte er sich, noch recht lange auf den Wellen zu schaukeln und weit hinaus auf den See zu fahren. Sein Wunsch ging allerdings nicht in Erfüllung. Finn wurde von der Schaukelei übel, ja, ihm wurde richtig grottenschlecht. Finn wurde seekrank.

Den beiden blieb nichts anderes übrig, als wieder an Land zu strampeln oder sich von einem Schwan ziehen zu lassen. Der war aber in diesem Moment weit und breit nicht in Sicht. „Mir ist schon so übel, dass ich nur noch große Schiffe sehe. Ich glaube, ich fantasiere schon. Ich brauche festen Boden unter meinen Füßen."

Luisa kannte auch das flaue Gefühl in der Magengegend und sie wusste ganz genau, was jetzt zu tun war und was Finn wieder auf seine Beine bringen würde. „Das große Schiff ist echt. Ich bringe dich jetzt dorthin. Du kannst dann einen Tee trinken und es geht dir gleich wieder besser."

Finn war es eigentlich völlig egal, was nun passierte. Am liebsten hätte er seinen Troll-Onkel gebeten, auf die Bremse zu treten und die Erde stillstehen zu lassen oder zumindest den Boden unter seinen Füßen festzuhalten. Ihm war ja so übel. „Waaas? Auf dieses große Schiff soll ich rauf? Das schaukelt ja noch mehr! Nee, nee, geh du mal lieber alleine. Ich will da nicht rauf!"

„Doch, du kommst jetzt mit zur Frieda", ermuntert ihn Luisa. Sie zog ihn von vorn und sie schob ihn von hinten, bis sie es geschafft hatte.

Oben an Deck angekommen, lud sie Finn auf einem Sitzplatz an der Reling ab. Von hier hatten die beiden einen wunderschönen Blick über den See. Auch das interessierte Finn im Augenblick nicht. Ihm war es schnurzegal. Er war froh, einen sicheren Sitzplatz ohne Schaukelei zu haben, schlürfte seinen Tee und die anderen sollten ihn bitte nicht stören.

Endlich stand Finns Mundwerk für mindestens zehn Sekunden still. Das war eine Meisterleistung und Luisa genoss die Ruhepause. „Hallo, da bin ich wieder", kam Nele freudestrahlend daher und die Ruhe war dahin.

„Ich habe etwas gefunden, das müsste Finn gehören." Aber

auch das war ihm schnurzpiepegal. Ein gewaltiger Wortschwall von Luisas Freundin bahnte sich seinen Weg. Das Geplapper ging zu Luisas Ohr hinein, zum anderen hinaus, rollte über den Tisch, polterte die Schiffstreppe hinunter über den Strand und dann in den See hinein. Auch die Neunstachligen Stichlinge, der Aal, die Karpfen, die Krebse und Finns Troll-Onkel erfuhren die neuen interessanten Dinge. Sie alle konnten jedes Wort ganz genau mithören.

Nur Finn hörte nichts ... Gerade eben wurde über die alte Frieda gesprochen. Frieda, das klang stolz. Stolz lag auch die alte Frieda am Kulkwitzer See. Was sie wohl alles erlebt hatte? Frieda war einst auf dem Fluss, der sich Saale nennt, geschippert. Auf diese Weise kam sie bis nach Wettin, Düsseldorf, ja sogar nach Hamburg. Sie transportierte schwere Lasten von einem Ort zum anderen. Holz, Kohle, Erz oder Maschinen gingen mit dem Kahn auf große Fahrt.

Später, als 30 Sommer vergangen waren und Frieda in die Jahre kam, sollte sie verschrottet werden. Das passierte zum Glück nicht. Sie wurde nach Leipzig verkauft, mit einem Transporter über die Autobahn gefahren und nach Kulkwitz an den Strand gebracht. Manchmal, vielleicht einmal im Jahr, kam die ehemalige Besitzerin der alten Frieda zu Besuch. Dann streichelte sie das alte Steuerrad und schaute, ob alles noch in Ordnung war und dachte an die alten Zeiten ...

Schatzkiste

Luisas Freundin plapperte unermüdlich weiter. Sie plapperte und plapperte. Finn hörte immer noch nicht zu. Mädchengeschwätz interessierte ihn nicht. Er dachte an die geheimnisvolle Schatzkiste, die tief unten im See lag und auf ihn wartete. Er dachte auch an die seltsamen Lebewesen mit den Flaschen auf dem Rücken.

„Komm, wir fahren hinaus ..." Finn vernahm ganz leise, aber sehr deutlich diese Worte. „Komm, wir fahren hinaus, der See ist glatt. Nimm das Steuerrad in deine Hände. Es ist eine günstige Zeit, eine kleine Brise frischt auf."

Die alte Frieda wollte es nochmals wissen und Finn würde sie bestimmt gut steuern. Noch einmal hinaus auf den See, die Wellen spüren und das Wasser an die Planken klatschen hören. „Worauf warten wir?"

„Ich kann doch nicht einfach am Steuerrad drehen und seekrank werde ich auch", faselte Finn.

Die alte Frieda bat ihn nochmals herzerweichend: „Bitte, probiere es. Du schaffst das. Hältst du das Rad fest, schaut meine Nasenspitze geradeaus. Schaut sie nach rechts, dann schippere ich nach links. Schaut sie nach links, fahre ich nach rechts."

„Das kann nicht sein, Frieda, da verwechselst du etwas", protestierte Finn.

„Wenn ich dir es sage, dann wird es schon stimmen! Ich bin immerhin ein paar Jahre älter als du!", erwiderte Frieda.

„Okay, probieren wir es!" Aber Finn dachte dabei an etwas ganz anderes. Egal was Frieda erzählte, er hielt das Steuer und im See wartete seine Schatzkiste.

Wenn er nur noch gewusst hätte, wo sie genau lag. Kreuz

und quer fuhren sie, von rechts nach links und von links nach rechts. Und weil die alte Frieda nett war, schaukelte sie auch nicht wie ein kleines Tretboot. Finn stand stolz wie ein echter Seemann am Steuerrad. Er hatte die Kapitänsmütze aufgesetzt, die er ganz nebenbei gefunden hatte. Die Tabakspfeife hatte er lieber liegen lassen, und einen weißen Bart trug er auch nicht im Gesicht.

Aber Finn konnte singen. Er sang mit Frieda gemeinsam Seemannslieder. So oder so ähnlich klang es:

Fahr Finn hinaus
alte Frieda,
fahr Finn hinaus.

Sie lieben die Stürme,
die brausende Gischt,
der Wind bläst ihnen entgegen,
die Fahrt stoppen sie nicht.

Fahr Finn hinaus,
alte Frieda,
fahr Finn hinaus.

Die alte Frieda,
sie gleitet stolz durch die Wogen,
hin zu dem Schatz
auf dem tiefen Meeresboden.

Fahr Finn hinaus
alte Frieda
fahr Finn hinaus.

Finn trällerte lautstark aus voller Kehle. Die windige Else aus Schönefeld, die eben bei der Wetterhexe zu Besuch war, hörte auch Finns Lied, das der Wind weit über den See trug. „Den beiden werden wir es zeigen!“, wetterte die Wetterhexe.

„Das kannst du nicht machen, das wäre arg böse ...", entgegnete die windige Else.

„Ich bin eine Wetterhexe und für das Wetter zuständig. Meine Aufgabe ist es, Wind und Wolken zu mixen. Die Wetterküche ist mein Reich, da bin ich zu Hause. Die Rezepte finde ich in meinem Hexenkochbuch und im Hexenkessel verrühre ich alles mit meinem Zauberstab. Huiii, das wird fein. Du, windige Else, du kannst das nicht. Du bist am Schönefelder Hochhaus für fliegende Hüte und klappernde Mülltonnen zuständig. Pass mal auf, wie ich das Wetter zusammenhexe, da kannst du noch etwas lernen. Huiii, das wird fein!"

Schon legte sie los und beschwor: „Krötenschleim und Schlangenzahn, ergeben Hagel, Sturm und ..."

„Wetterhexe, halte ein, halte ein ...", mahnte die windige Else. „Das kannst du doch nicht tun. Finn ist klein und Frieda ein altes Schiff. Die Frieda hält das nicht aus, sie ächzt und sie zerbricht!"

Die Wetterhexe ließ sich nicht bremsen, kein vernünftiges Wort von der windigen Else half oder stoppte sie bei ihrem Vorhaben. Und nochmals beschwor sie: „Krötenschleim und Schlangenzahn, ergeben Hagel, Sturm und Orkan! Fliegenpilz und Spinnenbein, schwarz soll der Himmel sein!" Und tatsächlich, dunkle Wolken brauten sich am Himmel zusammen, aus denen ein wenig später Regentropfen niederprasselten. Blitz und Donner kamen hinzu.

Finn schauderte und ärgerte sich über das blöde Wetter. „Mistwetter!", fluchte er, wollte aber unbedingt zu seiner Schatzkiste. Inzwischen wurde auch aus dem ruhigen See ein tobender Ozean. Die Wellen türmten sich auf und klatschten an Friedas Bauch. Sie hatte große Mühe, ihren Kurs zu halten. Mit aller Kraft trotzte sie dennoch der Wetterhexe.

Die windige Else versuchte unterdessen, die Wolken zu vertreiben und die Sonne hervor zu locken. Das machte die Wetterhexe noch stürmischer. „Krötenschleim und Schlangenzahn, ergeben Hagel, Sturm und Orkan! Fliegenpilz und Spinnenbein, schwarz soll der Himmel sein. Helle Blitze, lautes

Donnergrollen, Nebelschwaden auch noch kommen sollen! Huiii, das wird fein!“

Der Regenvorhang wurde dichter. Einige Tropfen landeten mitten in Finns Gesicht und blieben an seinen Wimpern hängen. Er konnte nicht mehr alles gut erkennen. Irgendwo mitten auf dem See mussten sie jetzt sein. Ein besonders dicker, fetter Regentropfen nahm auf dem Steuerrad Platz. In dem Tropfen saß ein winzig kleines Männchen. Es hatte Arme und Beine wie ein Mensch und eine wasserblaue Kapuze auf. Der kleine Mann hatte auch einen Regenumhang übergezogen und winkte Finn zu.

Finn rieb sich die Augen und sah wieder klar. Er sah, wie das kleine Männchen Purzelbäume schlug. Finn musste lachen und applaudierte. Finn hätte die Hände nicht vom Steuerrad neh-

men dürfen, das war nicht gut. Jetzt drehte es sich in alle Richtungen und die alte Frieda verlor ihren Kurs. Das Regenmännchen purzelte über die Reling und rutschte abwärts hinab in den See. Auch mit Finn ging es abwärts. Er hatte keinen festen Halt mehr. Seine Beine flogen himmelwärts und anschließend flog er im hohen Bogen über die Bordwand hinein in Neptuns Reich. Die alte Frieda wusste sich nicht anders zu helfen und schrie aus Leibeskräften: „Troll über Bord! Troll über Bord!"

Das vernahm Finns Onkel und er eilte herbei, so schnell es ging. Wenn es nach Finns Kopf gegangen wäre, dann brauchte sich der Onkel nicht beeilen, denn hier unten im Wasser schien es nicht langweilig zu sein.

Kasimir und Karlo, die beiden neunstachligen Stichlinge, kamen wieder angeschwommen, auch der Aal und einige neugierige Karpfen. Zwischen den Wasserpflanzen sah er alte Schuhe, zu Stein gewordene Schnecken und ausgediente Kipploren, die irgendwann vor langer Zeit braune Kohlenklumpen ans Tageslicht gebracht hatten. Das Nixenkraut wiegte sich im Takt des Wassers. Hier unten entdeckte der junge Troll auch einen großen alten Anker. Er gehörte zu keinem Schiff mehr, und trotzdem hielt er etwas auf dem Boden des Sees fest. Schwer lag er auf einem alten Teil. Es war die von Finn lang ersehnte und gesuchte Schatzkiste. Wie sollte er sie aber nach oben bringen?

Gemeinsam mit dem Aal, den Stichlingen und gutem Willen schob er den Anker zur Seite. Wie an Land, so wurden sie auch am Seeboden in eine feine Sandkörnchenwolke eingenebelt, die sich später wieder sacht auf den Grund legte. Die Schatzkiste wurde sichtbar und sie war schwer. Wieder packten alle mit an, sogar die Haubentaucher waren gekommen und Finns Troll-Onkel. Er hatte einen großen Kescher bei sich. Irgendwie schafften sie es, die Schatzkiste und Finn in diesen Kescher zu bugsieren und mit viel Schieberei an die Wasseroberfläche zu bringen. Von dort aus halfen Marienkäfer, Spatzen, Amseln und auch ein klein wenig die windige Else, die Kiste auf die alte Frieda zu hieven.

Natürlich waren alle neugierig, was sie für ein Geheimnis im Innern beherbergte. Fast wie von Geisterhand geöffnet sprang sie auf. Es war ganz einfach. Und Finn war enttäuscht, sehr enttäuscht. „Ach nee, was ist denn das?“ Er hatte kaum Worte. „Was soll ich mit einem Kugelschreiber und einem Zettel?“

„Was steht denn da auf diesem Zettel?“

„Kraut der Bescheidenheit“, las Luisas Freundin Nele vor. Und wie vom Blitz getroffen war Finn wieder hellwach. Er saß immer noch auf der alten Frieda und hatte nur geträumt. Die Suche nach dem Kraut der Bescheidenheit hatte er bei den vielen Abenteuern schon fast vergessen. Es war ein Glück, dass Nele den Zettel gefunden hatte.

Finn ordnete ganz schnell seine Gedanken und tat so, als ob er ganz genau wüsste, wo er nach dem Kraut suchen musste. Auf der Wiese mit den Butterblumen und den Schlafmützen könnte es vielleicht sein ...

Wenn einer eine Reise tut, dann kann er viel schreiben

„Möchtest du an die anderen Trolle eine Postkarte schreiben? Ein paar Grüße aus Grünau nach Hause schicken?", fragte Luisa und zeigte Finn eine von den vielen schönen Ansichtskarten vom Kulkwitzer See.

„Warum sollte ich das tun?", stand es in Finns Augen zu lesen.

„Das macht man so, wenn man eine Reise tut", versuchte Luisa Finn zu überzeugen.

„Mache ich das auch so?", witzelte Finn.

„Da hast du eine Karte und einen Stift." Luisa reichte es ihm über den Tisch.

„Und was schreibe ich da so?", fragte Finn ratlos.

„Lass dir etwas einfallen. Fang einfach an."

Und Finn begann, in der Mitte der Karte immer im Kreis herumzuschreiben. Das machte Spaß! Da stand nun zu lesen:

Viele Grüße von meinem Ausflug an den Kulkwitzer See sendet Euch Euer lieber kleiner Finn. Die rote Limonade schmeckt hier sehr gut. Das Wetter ist auch schön, manchmal stürmisch.

Am Strand aalen sich die Aale und auf der Wiese schlafen die Schlafmützen. Eine hat ihre blaue Pudelmütze nahe am Leuchtturm verloren. Die kann aber von einem Pinguin sein, die gibt es hier auch. Sie baden im Winter im Eiswasser und sind groß und haben kein Fell. Hier kriecht das Licht aus dem Leuchtturm heraus und der Krake liegt ganz still im Sand. Es gibt viele schöne Spielplätze, auf denen die Kinder toben. Auch kann ich viele Platten sehen und manchmal schauen da auch Menschen zum Fenster heraus. Vor

diesen himmelhohen Grünauer Hochhäusern gibt es Blumenbeete, Kastanienbäume und Zierkirschen. Es gibt auch kleine Buden aus Holz mit Wiese drum herum und eine Selbstbedienungstheke für Spatzen und Gartenrotschwänze. Manchmal liegt dort auch ein Haufen, der stinkt aber nicht. Da sind Bretter drum herum. Es duftet nach Rosen und frischem Gras.
Bald ist das Rodelbergfest. Nun suche ich noch die Mammutbäume und hoffe, mir begegnet ein Mammut. Das soll in dieser Gegend sehr selten sein. Die Bäume stehen hier auch im Wald und nicht im Blumentopf. Auf der alten Frieda gibt es runde Nudeln mit und ohne Loch und einen runden Schwimmring. Der hat in der Mitte auch ein Loch. Warum sind Schwimmringe eigentlich nicht eckig?
In der Grünauer Badewanne gibt es keinen Stöpsel, aber dafür schnattert die Schnatterente viel. Ich darf sie leider nicht füttern.
Mir gefällt es hier sehr gut. Mit meiner Freundin erlebe ich viel. Jetzt habe ich keine Zeit mehr zum Weiterschreiben, sie ruft schon wieder nach mir und ich höre ganz brav auf sie.

Tschüssi sagt Euer Finn.

Den letzten Satz hätte Finn vielleicht nicht schreiben sollen, denn nun würden alle Parthen-Trolle wieder denken, er sei verliebt und verliebte Trolle machen immer komische Sachen.

Und da der kleine Finn weder Geld noch Briefmarken in seinen Taschen bei sich trug, pflückte er mehrere Pusteblumen. Er hängte seine Karte an die vielen kleinen Schirmchen und so fanden die Grüße ihren Weg ins Schwemmsandland zu den anderen Trollen.

Ein Brötchen kommt selten allein

Die Schnatterente war wieder einmal besonders aufgeregt und paddelte mit ihren gelb-orangen Füßen zielstrebig dem Ufer zu. Dort saß Finn, knabberte an einem trockenen Brötchen und hatte auch noch eine große Tüte Kekse bei sich. Sie musste ihm unbedingt etwas erzählen. Ganz aufgeregt war sie. *Schnatter, schnatter, schnatter* und ihr Schnabel stand nicht still.

„He, Schnatterente, was ist denn los?“ Finn sauste ihr am Uferrand ein kleines Stückchen entgegen.

„Ich muss dir unbedingt etwas erzählen. Stell dir vor ...“, fing sie an und bekam ihren Schnabel nicht mehr zu. Die Worte blieben ihr plötzlich im Hals stecken. „Was? Du auch ...?“ Die Schnatterente war entsetzt.

„Was, ich auch?“, hakte Finn nach, denn er wollte es ganz genau wissen. „Das Brötchen in deiner Hand, was soll das?“

„Ach so, lecker ...“ Finn riss wieder kleine Stückchen davon ab. „Eines für mich und eines für dich. Du willst doch auch?“ Finn war sich ganz sicher und er teilte ja auch gerne. „Komm, wir gehen zu den anderen Enten. Ich möchte sie auch noch füttern.“

„Daa, daa daaa daaas das geht nicht, Finn“, stotterte die Schnatterente. „Daa daaa das geht wirklich nicht.“

„Warum nicht? Das macht doch Spaß!“, wartete Finn auf eine Begründung.

„Weil, ... das geht eben nicht. Das darfst du nicht. Du darfst das nicht, die großen Leute dürfen das nicht und die kleinen Leute dürfen das auch nicht. Komm, setz dich mal.“

Finn ließ sich ins Gras plumpsen. Nun war er mit der Schnatterente auf Augenhöhe.

„Schau, ist das nicht ein schöner See?“, fragte die Schnatterente.

„Ja, und was hat das mit meinem Brötchen zu tun?“ Finn verstand es nicht.

„Der See ist schön. Das Wasser ist sehr sauber und klar. Das soll auch so bleiben. Wenn du und die anderen Menschen den Schwänen, Enten und allen anderen Wasservögeln ständig etwas zu futtern gebt, dann geht es den Tieren und dem See schlecht. Die Tiere finden es total bequem und suchen keine Wasserinsekten, keine kleinen Krebstiere oder Pflanzenreste mehr. Sie werden faul und dick. Ihnen wird übel, genau wie dir, wenn du zehn Kugeln Eis oder viel zu viele Pommes frites isst.“

„Okay, das kenne ich“, sagte Finn ganz mitfühlend.

„Oft verfüttern die Menschen kiloweise Brot und Brötchen. Die Reste bleiben übrig. Sie versinken dann im See und verfaulen dort“, erzählte die Schnatterente weiter. „Und das, was die Tiere dann gefressen haben, muss ja ... Wie soll ich dir das erklären?“ Finn war ganz Ohr und wartete gespannt. „Ich sag es mal so ...“, schnatterte die Ente weiter. „Das, was aufgefuttert wurde, muss auch wieder hinten heraus. Und das ist nicht gut für das Wasser. Manche Wasserpflanzen wachsen wie Unkraut, welches ständig gedüngt wird. Andere sterben ab, weil ihnen zum Wachsen der Sauerstoff im Wasser fehlt. Es wird trüb im See. Schwimmen, baden und tauchen macht dann keine Freude mehr.“

Finn wurde ganz nachdenklich. Das Brötchen aß er nun lieber selber auf. Und wie er da nun so kaute, kam ihm auch eine Idee. Er wollte mit Luisa und ihrer Freundin Nele Schilder basteln, auf denen zu lesen stand: Füttern verboten. Unser See soll sauber und die Tiere gesund bleiben. Das fand die Schnatterente sehr gut. Sie selbst mochte nun auch keine Brot- und Brötchenkrümel mehr und erzählte allen, wie vorzüglich Wasserlinsensuppe schmeckt. Sie taucht immer noch gerne mit ihrem Kopf unter Wasser und reckt ihr Schwänzchen in die Höhe. So wie es Enten nun einmal von Natur aus tun. Nur die Zeitungsente wird immer bei ihrer Buchstabensuppe bleiben.

Meta will hoch hinaus – eine Fragestunde am See

„Entschuldigung vielmals“, flüsterte Meta.

„Was? Ich verstehe dich nicht. Ich bin ein sehr alter Baum. Du musst schon etwas lauter mit mir reden.“

Einen kurzen Moment später ... „Entschuldigung, nochmals. Es tut mir wirklich leid. Ich stelle mich jetzt erst einmal vor.“ Meta vergewisserte sich bei Finn, denn bei den Menschen soll es wohl üblich sein, sich gegenseitig mit Namen vorzustellen.

Da Finn freilich ein kleiner Troll war, was Meta nicht wusste, richtete er sich kerzengerade zu voller Größe auf und sagte selbstbewusst: „Ich bin doch ein Troll! Ich komme aus dem Schwemmsandland, von dort, wo es Matsch und Moder gibt. Genau dort, wo die Parthe sich durch Wiesen schlängelt, mit den Fischen heimlich flüstert und die windige Else Menschen gern neckt. Genau dort bin ich zu Hause.“

Meta hielt ein wenig inne, grübelte und war der Meinung, ein Troll wäre ihr noch nie begegnet. Sie freute sich nun darüber, seine Bekanntschaft zu machen.

„Kleiner Troll, darf ich mich vorstellen?“

Ein klein wenig frech, wie er nun einmal war, tat er kund, er wäre Finn. „Und wer bist du?“

„Ich bin ein Urwelt-Mammutbaum. Meine vier Geschwister nennen mich Meta.“

Finn lachte sich schief. „Meta, was ist das für ein ulkiger Name!“

Er kannte noch niemanden, auf dessen Geburtsurkunde diese vier Buchstaben standen. Er kannte nur das Wort Thema mit einem H, aber Meta hatte keines.

„Schmunzle nur, kleiner Troll. Mein richtiger Name ist Metasequoia glyptostroboides. Kannst du ihn nachsprechen?“

„Bitte noch mal." Finn kam mit dem Kauderwelsch nicht ganz klar. Er meinte, er hätte sich verhört.

„Mein Name ist Metasequoia glyptostroboides", wiederholte Meta.

Finn versuchte es nachzuplappern: „Megwosa Glückstrobes oder so?" Noch dreimal probierte er es. „Das ist kompliziert, viel zu kompliziert! Meine Zunge hat schon einen Seemannsknoten bekommen."

„Viele meiner Freunde nennen mich deshalb auch Wassertanne. Das ist mein deutscher Name. Du darfst Meta zu mir sagen."

„Meta, das klingt doch irgendwie cool! Also, Meta, darf ich dich etwas fragen?"

„Ja, klar. Mach mal ... Ich erzähle dir gern etwas mehr."

Und Finn begann sie neugierig auszuforschen, warum, weshalb und: „Wieso bist du ein alter Baum? Du bist doch noch klein."

Meta verglich sich mit Finn: „Ich bin immerhin 389.665.237 Millimeter größer als du, oder so. Ich habe nicht nachgemessen. Glaube mir, ich binde dir keinen Bären auf, ich bin wirklich schon sehr alt."

Finn sah keinen Bären, vielleicht hatte er sich viel zu schnell neunundneunzigmal um die eigene Achse gedreht.

„Also, nicht ich, sondern meine Vorfahren", berichtete Meta weiter. „Meine Ahnen wuchsen bereits vor ungefähr 30 Millionen Jahren in dem großen und weiten Land China. Stell dir vor, zu dieser Zeit lebten auch die Saurier. Meine Vorfahren liebten diese Sumpfwälder. Der Sumpf war so ähnlich wie ein Moor ohne Sauerstoff. Es war feucht und warm. Starben Pflanzen oder Bäume, fielen sie um und versanken im Morast. Im Laufe der Zeit waren es viele Pflanzen und Bäume. Später, viel später, trockneten die Sümpfe aus und die Braunkohle entstand. Das ist echt wahr!"

Finn kannte die großen Saurier von Bildern und Zeichnungen her. Kohle kannte er auch, davon bekam man schmutzige Hände, so hatte er es in der Geschichte von Armin mit den leeren Taschen gehört. Kleine Saurier konnten fliegen, Kohle gab Wärme und gegen schwarze Hände konnte er mit Seife und viel Wasser ankämpfen. Er wollte noch wissen, wer ihre engsten Verwandten waren.

„Zu meiner Familie gehören die Sumpfzypressen. Wir haben alle weiche, hellgrüne Nadeln. Im Oktober färben sie sich rosa-gelb und im November, wenn es kälter wird, lachsrot bis kupferbraun, und noch später verlieren wir sie. Im Frühjahr wachsen uns dann wieder neue. Wegen der schönen Herbstfarben fallen wir immer ein wenig auf."

„Und dann fallen deine Nadeln herunter? Die Menschen sammeln sie auf und benutzen sie als Stricknadeln, an denen dann bunte Schals, Mützen und Socken wachsen. Ist das richtig so? Ich hatte auch mal eine bunte Wollsocke mit einem Loch darin. Meine große Zehe schaute immer heraus."

„Finn, du hast zu viel Fantasie." Meta lächelte vor sich hin.

Finn wurde immer neugieriger und Tausende Fragen fielen ihm noch ein. „Wieso bist du keine braune Kohle? Und warum wächst du jetzt hier? Das verstehe ich alles nicht."

Meta stand gern Rede und Antwort auf Finns Fragen. „Nun, die Menschen dachten, wir wären längst, wie die Saurier und andere Tiere, ausgestorben. Das vermoderte Holz haben sie in den Sümpfen oder als Braunkohle in der Erde gefunden. Aber die Menschen irrten sich. Wir waren nicht ausgestorben, sondern hatten uns nur versteckt. Im Jahr 1941 hat man einige meiner Familienmitglieder in China, lebendig und mit frischem Grün, wiedergefunden. Das war eine echte Sensation! Seit 1947 reisen unsere Samen auch wieder nach Europa. Die werden dann in Blumentöpfe mit frischer Erde gesteckt und beginnen zu wachsen. Sind wir groß genug, werden wir in Parks und Gärten ausgepflanzt. Wir, meine vier Brüder und Schwestern, waren damals fünf Jahre alt und wurden am Tag des Baumes in Jahr 2006 hier an dieser Stelle, am Roten Haus, von Kindern des Klinger-Gymnasiums gepflanzt."

„Und warum hier, ist das ein Zufall?", löcherte Finn weiter. Er wollte, wie immer, alles ganz genau wissen.

„Hier bekommen wir das, was wir brauchen. Genug Nährstoffe aus dem Boden und an Wasser mangelt es auch nicht. Wir Urwelt-Mammutbäumchen wachsen dann sehr schnell und bekommen eine schöne Baumkrone. Und da wir schon sehr alt sind und aus jener Zeit stammen, möchten wir an die versunkenen Wälder der Braunkohlezeit erinnern. Wir sind fast wie ein lebendiges Denkmal."

Finn besann sich nochmals der Geschichte von Armin mit den leeren Taschen. Metas neuer Standort hätte nicht besser sein können, denn der Kulkwitzer See war einst auch ein Braunkohlerevier gewesen.

„Meta, ich habe noch eine allerletzte Frage: Wie groß wirst du noch?"

„Ach. Ich möchte hoch hinaus. Ich möchte gern über 30, ja fast 40 Meter in den Himmel wachsen und ihn mit meinen Blättern kitzeln."

„Ohh, so groß willst du werden." Finn staunte und stellte sich auf seine Zehenspitzen. „Da kannst du ja über den ganzen See schauen. Bis dort hinüber, wo das Glück zu finden ist, also bis zum Wald mit den vielen Fliegenpilzen. Ich habe eine Idee. Wenn du noch etwas gewachsen bist, komme ich mit einer Leine wieder. Die knote ich an dir fest und spanne sie quer über den See an einen anderen Baum. Und weil an der Leine bunte Stoffdreiecke dran sind, sieht das schön aus und sie können lustig im Wind flattern. Da hat dann die Wetterhexe echt etwas zu tun und denkt nicht mehr an das Schlechte-Wetter-machen. Also dann bis später! Tschüss Meta!"

„Tschüss kleiner Troll. War nett mit dir. Komm bald wieder!"

Meta winkte ihm mit ihren Zweigen hinterher, aber Finn war schon wieder auf und davon. Das nächste Abenteuer wartete.

Die Wiese am See

„Komm mit, ich will dir noch etwas zeigen", meinte Luisa zu Finn.

„Was willst du mir noch zeigen? Wir haben doch schon fast alles gesehen." Finn wollte nicht schon wieder um den halben See laufen. Seine Beine waren etwas schlapp. Aber weil Luisa immer so furchtbar nett war, konnte er ihr diese Bitte nicht abschlagen. Immerhin, daran erinnerte er sich just in diesem Moment, musste er noch das Kraut der Bescheidenheit suchen und auch finden. Suchen konnte er, er musste sich nur etwas bemühen. Das Kraut finden, das war eine reine Glückssache. Finn hatte nun schon die Fliegenpilze gefunden und war sich ganz sicher, er würde auch dieses Kraut finden. Er war sich so sicher, wie er der Wetterhexe das Rezept für anhaltend schönes Wetter schmackhaft machen konnte oder er es schaffte, seinem Troll-Onkel das Handtuchversteckspiel auszureden. Möglich war alles.

„Ich will dir eine Wiese zeigen", teilte Luisa ihm mit.

„Eine Wiese, eine Wiese ... Das ist doch nur grünes Gras, und wenn grünes Gras trocken ist, ist es stacheliges Heu. Und dann piekst es an den unmöglichsten Stellen, wenn ich darin schlafen will", brummelte Finn in sich hinein.

„Lass dich überraschen ..."

Als die beiden ankamen, war Finn wirklich total überrascht. Die Wiese war ein Teppich aus sattem Grün. Doch als er ganz genau hinschaute, entdeckte er etwas. „Luisa, schau mal. Die Wiese ist verzaubert." Luisa freute sich insgeheim über Finns Begeisterung und tat so, als ob sie nichts Auffälliges entdecken konnte. „Na guck doch mal ganz genau hin! Die goldenen Kleckse. Hier sind welche, da sind welche und dort." Schon streifte Finn im Gras umher. Die Grashüpfer sprangen ihm erschrocken aus dem Weg. Ein Frosch quakte: „Achtung, jetzt kommt Finn, passt alle auf!“

Finn wollte Kleckse einsammeln. Kleckse aus purem Gold. Ja, die ganze Wiese war voll mit Klecksen aus Gold. Finn führte einen Freudentanz auf und Luisas Herz lachte. Ein kleiner, frecher, strubbeliger Rotschopf hüpfte auf einer grünen Wiese und wollte Kleckse aus Gold einsammeln. Das sah bunt und lustig aus.

„Das ist eine Zauberwiese, eine Märchenwiese, eine Wiese aus Gold!“ Finn war begeistert. „Das blendet ja richtig!“

Vor Finn und Luisa breitete sich ein wunderschöner Butterblumenteppich aus. Finn hätte sich am liebsten mit voller Wucht in diesen Butterblumenteppich hinein gehauen, in den Himmel geguckt, die Beine übereinandergeschlagen und an einem Grashalm gekaut. Aber er tat es nicht. Er wollte keine goldenen Butterblumen zerdrücken. Ein paar Löwenzahnblüten waren auch dabei. „Kann man aus den Butterblumen Butter machen und der Löwenzahn, sind das wirklich Zähne vom Löwen?“, wollte er wissen.

„Willst du eine Butterschnitte essen?“, erkundigte sich Luisa.

„Nee nee, war nur so eine Frage.“

„Aus Butterblumen kann man auch keine Butter machen. Dazu brauchst du Kühe, die geben Milch und daraus wird dann die Butter gemacht.“

„Ach so!“

„Und Löwen gibt es hier auch keine, weil ...“

„Weil“, fiel Finn Luisa ins Wort, „weil der Löwenzahn die Löwen selber frisst!“ Beide kicherten.

„Der Löwenzahn heißt Löwenzahn, weil der Löwenzahn eben Löwenzahn heißt!“ So einfach war das.

„Und außerdem, Finn, du hast recht. Es ist wirklich eine Zauberwiese.“

„Echt jetzt habe ich wirklich einmal recht!“ Finn staunte über sich selber.

„Heute hat der Löwenzahn noch schöne gelbe Blüten, aber

in ein paar Tagen bekommt er silberne Haare. Dann könntest du deine Backen ganz dick aufblasen und deine Lippen spitzen."

Finn übte es gleich. „Ppppuuuuuhhh", machte er.

„Nein, richtig doll, mit Kraft. Dann pustest du die ganze Pracht fort und der Löwenzahn bekommt eine Glatze!"

„Okay, dann kommen wir später noch mal wieder!" Und Finn lachte sich fast schlapp dabei. Er selber hatte ja noch keine silbernen Haare. Zum Glück!

Gänseblümchen

Hannah, die Wächterin der Parthe, hatte Finn versprochen, auf ihn aufzupassen. Mal hinter einem Gebüsch hockend oder auf einem Baum sitzend, behielt sie immer den kleinen Troll im Auge. Nun aber saß sie mitten auf der Wiese am See. Genau dort, wo die wilden Möhren wuchsen, hatte sie einen eleganten Hutsalon eröffnet. Sie war gerade dabei, eine ganz schicke Kopfbedeckung zu entwerfen. Frau Haubentaucher eilte herbei, denn sie hörte von der Neueröffnung und hätte auch gern etwas Neues gehabt.

Sie hielt immer sehr auf sich und mit einer neuen Kopfbedeckung hätte sie sich gern zum Rodelbergpicknick gezeigt. Sonst trug sie immer nur ihre unscheinbare graue Haube. Sie scheute sich deshalb nicht und begab sich zu Hannah in ihren neuen Hutsalon.

„Guten Tag Hannah, ich hätte gern eine neue Haube", sprach sie. Hannah zeigte ihr die verrücktesten Modelle, die gerade eben in Mode waren. Mit zarten Federn, feinen Gräsern und kunterbunten Blüten waren sie geschmückt. Sie probierte alle Hüte auf und drehte sich vorm großen Wasserspiegel. Sie fand sich schön, sehr schön.

„Ich glaube", so sprach sie, „das Modell mit den weiß-roten Gänseblümchen passt am besten zu mir."

Hannah klärte Frau Haubentaucher auf, dass die weiß-roten Gänseblümchen keine Gänseblümchen waren, sondern Tausendschönchen. Gänseblümchen haben nur weiße Blütenblätter um eine gelbe Blütenmitte. Hannah begründete auch, warum das so und nicht anders ist:

Eines Tages, es ist schon sehr, sehr lange her, erwachte ein Gänseblümchen aus seinem Winterschlaf und reckte sich der

Sonne entgegen. Es reckte und streckte sich und schaute bald zur Erde heraus. Es gab noch nicht sehr viel zu entdecken, und es bekam einen gewaltigen Schreck.

Das Gänseblümchen war voreilig, denn es war noch sehr kalt und die Natur schien noch schlafen zu wollen. Auch die Sonne war noch blass um ihre Nasenspitze. Ihre Strahlen versuchten gerade mal, den Igel aus seinem Winterschlaf zu kitzeln und schafften es noch nicht. Da fing das junge Gänseblümchen an zu weinen. „Ich habe mich geirrt, es ist noch Winter."

Ein kleines Mädchen spazierte zufällig auf der noch schlafenden Wiese am See umher und entdeckte das kleine Blümchen. Sie freute sich über den Frühlingsboten und grub es vorsichtig mit ihren Händen aus. Das kleine Gänseblümchen war froh, denn nun wurde es von dem Mädchen in einen Blumentopf eingepflanzt und konnte auf der Fensterbank auf die Sonne warten. Das Gänseblümchen war glücklich. Es begann zu wachsen und bekam viele schöne zarte Blüten. Und wie es so ist, wenn man sich anstrengt, steigt einem die Röte ins Gesicht. Das Gänseblümchen bekam zarte rote Streifen auf seinen weißen Blütenblättern.

Das Mädchen war begeistert, als es dies sah. „Du bist aber schön! Tausendmal schöner als alle anderen Blumen." Von da an nannte sie das Gänseblümchen „Tausendschönchen". Und als das Frühjahr endlich da war, pflanzte sie das Blümchen wieder auf die große Wiese und Tausendschönchen bekam viele Kinder.

Frau Haubentaucher fand diese kleine Geschichte niedlich. Und genau diesen Hut mit den vielen Tausendschönchen und Gänseblümchen kaufte Frau Haubentaucher dann auch.

Später stellte sich Frau Haubentaucher ihren Freundinnen vor, die lachen mussten. „Wir müssen uns an den farbenfrohen Anblick erst gewöhnen!", scherzten sie.

Am Abend legte Frau Haubentaucher ihren neuen Hut am Rande des Sees in das feuchte Gras. So hatte es Hannah ihr geraten. Im feuchten Gras würden sich die Gänseblümchenblüten frisch halten und sie hätte länger Freude an ihrem neuen Kopfputz. Und am anderen Morgen? Was war passiert? Der schöne Tausendschönchen-Gänseblümchenhut war verschwunden! Einfach weg. Hannah, die Wächterin der Parthe, hatte ihn nicht. Finn hatte ihn auch nicht. Keiner hatte ihn ...

Die Schafe, die von Markranstädt herüber einen Ausflug gemacht hatten, hatten ihn einfach aufgefressen!

„Ach, das ist alles halb so schlimm", meinte Frau Haubentaucher, ich habe ja noch meine graue Haube." Und sie lächelte dabei.

Rodelpicknick

Hannah, die Wächterin der Parthe, hatte mit Finn ein Treffen am Rodelberg vereinbart. Dort übergab sie ihm einen Briefumschlag. Finn war neugierig und öffnete ihn gleich. *Einladung zum Rodelbergpicknick*, stand auf der Karte. Er konnte sich nichts darunter vorstellen. Was sollte das sein? Sollte er Äpfel den Rodelberg hinunter kullern lassen? Oder gab es einen Wettbewerb, bei dem er mit rasantem Tempo viele Kastanien vom Ufer zum hohen Gipfel schleppen sollte? Das kam ihm alles komisch vor.

Hannah sah ihm seine Hilflosigkeit an. „Kannst du dich noch an die kleine Omi in der Rennschnecke erinnern?“, fragte sie.

„Mhhhm“, machte Finn und nickte eifrig dazu. „Sie war doch im roten Kleid auf dem Plakat zum Grünauer Kultursommer“, erinnerte er sich noch recht gut.

„Sie wird auch dabei sein, da bin ich mir ganz sicher. Komm, wir machen uns gleich auf den Weg.“ Finn, stürmisch, wie er nun immer war, rannte gleich auf und davon. „Halt!“, rief Hannah. „Hilf mir bitte das Körbchen tragen.“

Finn war über den Zwischenstopp nicht wirklich erfreut. „Na, wenn es sein muss.“

Aber dann sah er ein, dass seine Hilfe benötigt wurde. Das Körbchen war schwer und randvoll gefüllt mit vielen leckeren Dingen wie Kuchen, Wurst, Eiern und Brot.

„Das Brot ist aber nicht zum Entenfüttern?“, fragte Finn besorgt nach.

„Nein, nein. Keine Angst. Das Brot essen wir schon selbst auf. Alle bringen etwas zum Frühstück auf dem Rodelberg mit.“

„Und was ist das?“, staunte Finn und nahm eine kleine durchsichtige Knistertüte heraus.

„Das sind getrocknete Kräuter, daraus kannst du dir einen Tee kochen lassen."

„Nee, nee, danke." Finn mochte keine getrockneten Kräuter, die eher wie Stroh oder Heu aussahen. Er war doch kein Karnickel.

„Na komm schon, es ist gleich elf Uhr. Die anderen warten schon."

Und tatsächlich, alle waren gekommen. Viele Leute, die ihr Zuhause in Grünau hatten oder zu Besuch gekommen waren. Es war sehr viel los. Da spielte jemand Musik, dort wurde gelacht. Wiederum andere tanzten. Die Sonne strahlte vom blauen Himmel. Und die Wetterhexe? Die Wetterhexe hatte an diesem Vormittag irgendwie keine Lust, Unfug zu treiben.

Finn entdeckte Luisa und Nele. Einen Mann, der der fleißige Armin, welcher nun keine leeren Taschen mehr hatte, hätte sein können. Freilich waren auch der neugierige Aal, die wilden Möhren und viele Gänseblümchen gekommen. Auf dem sonst stillen Rodelberg ging es sehr munter zu.

„Und wer ist die Frau in dem langen Kleid dort drüben?", wollte Finn unbedingt wissen.

Hannah kannte sie. „Es ist die Kräuterfrau von Grünau." Hannah erzählte weiter: „Auf dem Rodelberg und in der Umgegend kennt sie jedes Kräutlein, jede Beere, jede Wurzel und alle schönen Wildblumen. Sie sammelt diese und trocknet sie zu Tee oder stellt feine Gewürzmischungen zusammen." Finn sammelte im Nu auch Grashalme und Brennnesseln ein. „Halt, Finn. Das geht so nicht ... Über Kräuter und Heilpflanzen musst du erst ganz viel lernen, ehe du sie sammeln und verwenden kannst. Melde dich für den Kräuterunterricht an und nächstes Jahr weißt du dann schon mehr."

„Ach, das dauert doch noch so ewig lange!", stöhnte Finn.

„Dann habe ich einen anderen Vorschlag für dich."

„Au ja, welchen?" Finn wurde wieder hellhörig und neugierig war er sowieso schon immer.

„Frag sie einfach ... Du sollst doch etwas finden ...!" Mit diesen Worten erinnerte Hannah den kleinen Troll an eine ganz wichtige Kleinigkeit. Wie vom Blitz getroffen eilte er zur Kräuterfrau hinüber.

„Hallo Kräuterfrau! Ich bin Finn aus dem Schwemmsandland und soll den anderen Trollen das Kraut der Bescheidenheit mitbringen. Kannst du mir helfen? Bitte. Ich möchte es bei dir kaufen, nur ein Gramm oder so viel, wie es für ein Geldstück gibt."

Die Kräuterfrau war überrascht. „Ich kann dir leider nicht helfen und auch keines verkaufen. Das Kraut musst du schon selber finden. Aber eine Geschichte werde ich dir und allen anderen erzählen. Vielleicht hilft sie dir weiter."

„Ja, prima. Ich bin schon ganz still", freute sich Finn. Und auch die zarten Gänseblümchen, die wilde Möhre, kleine und große Leute lauschten den Worten. Selbst Meta, der Urwelt-Mammutbaum, die Sing- und Wasservögel und auch die Schnatterente hörten ganz gespannt zu.

Es war einmal ein kleines Haus. In diesem Haus wohnte eine Frau. Und vor dem kleinen Haus war ein Garten mit wunderschönen Blumen. Rosen, Nelken, Sonnenblumen wuchsen darin. Die Frau gab sich immer sehr viel Mühe und erfreute sich an der Blütenpracht. Doch eines Tages meinte sie: „Heute mache ich mir meine Finger nicht schmutzig. Heute nehme ich mir die Zeit und gehe in der Stadt bummeln."

In der Stadt gab es einen schönen Laden. In diesem Laden kaufte die Frau feines Papier. Wieder daheim bastelte sie eine Papierblume, malte sie an und stellte sie in einem Töpfchen auf das Brett vor ihrem Fenster. Und weil es ihr gefiel, bastelte sie noch viel mehr von diesen Papierblumen.

Unterdessen setzte sich die Wetterhexe auf dem Gartenzaun vor dem Haus und schüttelte besorgt ihren Kopf. Was sollte nur werden? Die armen Blumen im Garten hatten Durst. Es war so drückend heiß, dass alle Blumen im Garten die Köpfe hängen ließen und verwelkten. Nur ein kleines Gänseblümchen, das ganz versteckt im Schatten neben der Wassertonne, die auch gähnend leer war, wuchs, konnte sich noch aufrecht halten.

„Ich brauch nicht viel“, meinte es zu den Papierblumen.

Aber darüber witzelten die Papierblumen. „Wir sind die allerschönsten Blumen im ganzen Lande! Wir welken nie!“

Das empörte die Wetterhexe und sie suchte eiligst den Wind. „He Wind, ich brauch deine Hilfe.“

„Warum?“, fragte der Wind. „Ich mache gerade eine Pause und halte mein Mittagsschläfchen.“

„Wir brauchen ganz dringend Regen. Siehst du den Garten da unten? Die schönen Blumen sollen nicht mehr verwelken.“ Da blieb dem Wind vor Entsetzen der Mund offen stehen. In wenigen Augenblicken trieb er große, dunkle Wolken zusammen. Der Regen prasselte auf die Blumenbeete und an allen anderen Stellen im Garten nieder. Die Blumen tranken und tranken. Nur die Papierblumen wurden ganz weich und lösten sich in kleine Fetzen auf. Das war ein jämmerlicher Anblick.

Auch Finn bekam einen Schreck. Wie konnte man nur so überheblich sein wie die Papierblumen? So wollte er sich nie benehmen! Sollte ihm genau das die Geschichte von den Papierblumen vermitteln? Finn durchwühlte gedankenverloren seine Strubbelhaare und kratzte sich selbstvergessen hinter den Ohren.

Auf einmal, wie von einer Tarantel gestochen, fielen ihm sprichwörtlich die Schuppen von den Augen. In seinem Gesicht hatte Freude Platz genommen und seine Augen funkelten. „Ich habe es, ich hab es ...!“, jubelte er.

„Was hast du?“, fragten fast gleichzeitig Hannah, Luisa und die Kräuterfrau.

„Jepppeeeee, ich habe die Antwort gefunden!“ Er hüpfte im Kreis, schlug Purzelbäume und winkte vom Rodelberg den Fischen im See zu. „Die Gänseblümchen! Die Gänseblümchen sind es!“ Der kleine Troll fragte auf der Stelle die Gänseblümchen, ob sie ihn nach Hause, ins Schwemmsandland an der Parthe, begleiten wollten.

„Was? Wir sollen das tun? Ja, das machen wir doch gerne!“, antworteten sie einstimmig.

Heimreise

Finns Zeit der Heimreise war gekommen. Er war felsenfest überzeugt, die richtige Antwort gefunden zu haben und nun in den Kreis der erwachsenen Trolle aufgenommen zu werden. Er konnte es kaum noch erwarten, bis er wieder daheim war. Das machte Luisa und ihre Freundin Nele ein wenig traurig. Abschied nehmen ist immer ein wenig traurig und sie hofften, Finn würde sie bald wieder besuchen kommen. Immerhin hatte Luisa dem kleinen Troll versprochen, ihm den schönen, großen Bahnhof zu zeigen. Die schnellen Züge oder die alten Dampflokomotiven würden Finn ganz bestimmt begeistern.

Und so mischte sich beim Abschiednehmen auch ein wenig Freude auf ein neues Wiedersehen unter. Luisa und ihre Freundin hatten währenddessen eine geniale Idee. Sie banden eine Kette aus vielen Gänseblümchen und hängten diesen um Finns Hals. Auch Hannah fand diese Idee gut und die kleine Omi schenke ihm auch einen. Beim Lebewohlsagen drückte sie Finn noch einen dicken Kuss auf seine Wange. Nur noch einmal allen winken und dann setzte die Wetterhexe Finn auf ein kleines Wolkenwattekissen, stupste es an und die windige Else, die auch wieder nach Schönefeld zurückreisen wollte, begleitete ihn. Was konnten sie von hier oben alles sehen. Den Rodelberg, den See, den Kraken, die Häuser und die vielen netten Menschen, große und kleine.

Ja, und da war er wieder. Ganz sanft landete er im Schwemmsandland an seiner geliebten Parthe, genau dort, wo es Matsch und Moder gab, Hecken und Büsche, hinter denen er Versteck spielen konnte. Die Spatzen pfiffen es von den Dächern und der lustige Brücken-Troll war schon da. Die anderen Trolle kamen auch gleich angelaufen.

Finn sah den ältesten Troll, rannte zu ihm und platzte gleich mit seiner Antwort heraus. „Die Gänseblümchen sind es! Ich habe das Kraut der Bescheidenheit gefunden! Jetzt werde ich endlich ein erwachsener Troll!“ Schon hatte er dem Brücken-Troll und dem ältesten Troll auch eine Gänseblümchenkette geschenkt und um den Hals gelegt.

Finn war einfach nur glücklich. Doch, oh je ... Der älteste Troll blickte streng und legte seine Stirn in Falten. „Warum sollen die Gänseblümchen das Kraut der Bescheidenheit sein? Erkläre es mir bitte.“ Mit diesen Worten brachte er den kleinen Finn zum Nachdenken. Guter Rat war jetzt teuer. Finn hatte so viel erlebt. Er berichtete von der kleinen Omi, dem Leuchtturm und wie er der kleinen Fliege die Freiheit wiedergeschenkt hatte. Von seinem Wasserskiausflug und dass er mit seinen 15 Luftsprüngen zu sehr angegeben hatte. Warum zehn Kugeln Schokoladeneis nicht gut für seinen Bauch waren und von der Schatzkiste, die keine Goldstücke beherbergte, sondern Stift und Papier.

Von all dem berichtete er und seine Augen strahlten dabei vor Begeisterung. Der älteste Troll blickte nicht mehr streng. Seine Gesichtsausdruck erhellte sich. Er war von Finns Abenteuern ganz angetan und wurde neugierig auf das Land zwischen den hohen Häusern und dem See, der als Grünauer Badewanne bezeichnet wurde. „Also ...“, begann der älteste Troll zu sprechen und wurde von Finn wieder unterbrochen.

„Entschuldigung, ins Wort soll ich nicht fallen, aber ich muss unbedingt noch etwas sagen. Ich habe mich für die Gänseblümchen entschieden, weil sie sehr bescheiden und genügsam sind. Jedes Kind kennt sie. Sie blühen fast überall und ganz fleißig. Sie recken als Erste ihre Blütenköpfe nach Schnee und Frost empor und sind die Letzten, die in den Winterschlaf gehen, ehe ein Jahr von dannen zieht. Deshalb habe ich sie mitgebracht.“ Finn war stolz auf sich. Das war eine gute Begründung, meinte er.

Der älteste Troll jedoch wiegte seinen Kopf hin und her. Er war mit Finn nicht ganz zufrieden und sprach deshalb: „Wir finden deine Geschichten und deine Antwort rührend. Deine Aufgabe hast du trotzdem nicht erfüllt." Oh je, kleiner Finn ... „Du solltest uns nur eine einzige Blüte vom Kraut der Bescheidenheit bringen."

„Ja, das stimmt", gab Finn zu. „Ich hatte es ganz vergessen."

Finn gestand seinen Fehler ein. Und der älteste Troll sah ihm seine Enttäuschung an und schaute den kleinen Troll von unten nach oben ganz genau und richtig lange an. Finn wurde unsicher und dachte: „Was soll das denn jetzt noch? Ich werde immer ein kleiner Troll bleiben."

„Also ...", fing erneut der älteste Troll zu sprechen an. „Größer geworden bist du nicht, keinen einzigen Zentimeter. Ich kann nichts entdecken. Aber ich sehe in dein Herz, es freut sich auch über kleine Dinge. Und dein Verstand sagt dir, du sollst nicht immer übertreiben. Wenn ich das alles richtig betrachte, so bist du doch ein klein wenig erwachsener geworden." Finn horchte auf. Diese Worte gefielen ihm. Das war wie unzählige Streicheleinheiten. „Ich schlage dir vor", sprach der älteste Troll weiter, „ab dem heutigen Tag darfst du an den Troll-Versammlungen teilnehmen, allerdings ohne Stimmrecht. Du musst noch viel lernen, aber du bist auf einem guten Weg."

Finn freute sich. Er war überglücklich. „Ja, so werden wir es tun. Wir sind alle einverstanden", sprach der Brücken-Troll.

Und der älteste Troll meinte noch: „Ich begebe mich auch auf den Weg", und schmunzelte dabei. „Ich gehe in das Reisebüro Sonnenschein und buche für alle Trolle eine Fahrt in das Land der hohen Häuser und des schönen Sees."

An diesem Tag jedenfalls wurde noch viel gefeiert, viel gelacht und noch mehr Pläne geschmiedet. Und ein kleines Gänseblümchen zwinkerte Finn zu.

Bleistiftgeschichten

Nun, die Geschichten von Finn, Luisa, Luisas Freundin Nele und Hannah, der Wächterin der Parthe, finden hier ihr Ende. Sie wurden vor langer Zeit fein säuberlich mit einem Bleistift auf Papier geschrieben. Doch eines Tages, oh Schreck, begann der Bleistift zu schimpfen: „Warum kann ich nicht meine eigenen Geschichten aufschreiben? Ich muss immer das aufschreiben, was sich andere ausdenken.“ *Knacks* machte es hörbar, und seine Spitze brach ab. „Ab jetzt denke ich mir eigene Geschichten aus! Nennen werde ich sie: *Geschichten von Schreiberli, dem frechen Bleistift*. Das klingt doch gut!“

Und schon kritzelte Schreiberli: *„Eines Tages, als der kleine Finn über die Dächer der Hochhäuser sah* – nein, der ist ja gar nicht so groß! Also noch einmal: *Eines Tages, als der große Finn über die flachen Dächer der Hochhäuser am Teich neben der Straße* ... Das geht auch nicht! Dann schreibe ich eben von Luisa, die im See das Nixenkraut und auf der Wiese das Waldvögelein gefunden hatte. Aber wie hatte sie das gemacht? Und die Fliegenpilze haben auf einmal blaue Hüte mit roten Strichen auf. Und die Trolle sind so sehr lieb, es lohnt sich gar nicht, darüber zu schreiben.“

Plötzlich watschelte eine Ente über das Blatt und machte große Ententapsen darauf. „Und überhaupt, meine Spitze. Sie ist abgebrochen und das Holz kratzt auf dem Papier. Die Buchstaben sind auch alle durcheinander. Ach, ist das alles kompliziert!“

Da kam die Geschichtenaufschreiberin wieder. In ihrer Hand hatte sie einen Bleistiftanspitzer.

„Mein kleiner Bleistift, jetzt mache ich dich wieder fein und spitze dich an. Dann bringen wir wieder jedes Wort gut leserlich auf das Papier. Das gefällt dir doch? Aber was ist das für ein zerkratztes Blatt?" Der kleine Bleistift schämte sich ein wenig. „Ich ... ich ... ich habe nur probiert ..."

„Ob du das alleine auch kannst", erriet die Geschichtenaufschreiberin. „Ist dir dabei etwas aufgefallen?"

„Ja klar", sprach der Bleistift erleichtert. „Ich brauche eine neue Spitze und gemeinsam macht das Geschichtenschreiben viel mehr Spaß."

So nahm die Geschichtenaufschreiberin den Bleistift wieder in ihre Hand. Der Bleistift tanzte vor Freude über das saubere Papier, malte dort einen Kringel, da ein Komma und hier einen Punkt. Er schrieb noch ganz viele Geschichten über die spannenden Abenteuer von Finn, den kleinen Parthen-Troll aus dem Schwemmsandland auf.

Aber diese stehen auf einem anderen Blatt, in einem ganz anderen Buch.

Die Autorin

Brigitte Schubert wurde 1959 geboren und ist in Sachsen aufgewachsen. Ihre Heimatstadt ist Leipzig, in der sie immer noch lebt und liebt. Sie ist seit über 20 Jahren verheiratet, ihre Tochter ist erwachsen. Ihre Ausbildung bescherte ihr ein abwechslungsreiches Arbeitsleben in einem Textilbetrieb und einer Bank. Sie hat eine mehrjährige Kampfsportausbildung hinter sich, ihr Herz gehört dem Tai Chi und Qi Gong. Zu ihren Lieblingshobbys zählen Bergwandern, Ski fahren und Inlineskaten in Tirol und sie gibt Lachyogakurse. 2005 wurde sie kreativ und begann Lyrik und Prosa zu schreiben. Erst war das Schreiben nur die Bewältigung eines gesundheitlichen Schicksalsschlages, später wurde es zur Sucht. Mit ihren lebensfrohen Texten bringt sie gern andere zum Schmunzeln und Lachen. Sie hat die Sagen und Märchen für sich entdeckt.

Danksagung: Keine Autorin der Welt kann sich genug bei allen MitstreiterInnen bedanken. Ich möchte es auf jeden Fall versuchen: Ein herzliches Dankeschön an Frau E. Göbel, mit Herz und Seele Grünauerin, Dr. L. Kasek vom Leipziger Nabu für die fachliche Unterstützung und allen kritischen Textlesern, besonders meiner Jeanett. Aktuelle Infos zum Kulkwitzer See gibt es hier: www.kulkwitzersee.de

Buchtipp

Brigitte Schubert
Geschichten aus dem Schwemmsandland
Was die Parthe-Trolle erzählen

ISBN: 978-3-86196-017-1, Taschenbuch

Die Parthe. Wiesen und Auenlandschaft. Schauplatz für sagenhafte Geschichten. In diesem Buch werden die Parthen-Trolle zum Leben erweckt. Herrlich fantasievoll und originell nehmen die Trolle den Leser zu jeder Tages- und Nachtzeit mit zu realen Orten und realen Erlebnissen aus dem Schwemmsandland. Eine schöne Geschichtensammlung, die Kindern und Erwachsenen gleichermaßen die Fantasie beflügelt ...

Printed in Poland
by Amazon Fulfillment
Poland Sp. z o.o., Wrocław

70758471R00052